蒙塔巴诺警长探案系列

蒙塔巴诺警长探案系列

水的形状

[意] 安德烈亚·卡米莱里　著

张　莉　译

LA FORMA DELL'ACQUA

Andrea Camilleri

新　华　出　版　社

图书在版编目（CIP）数据

水的形状 / (意) 安德烈亚·卡米莱里著；张莉译.
－－ 北京：新华出版社，2018.2（蒙塔巴诺警长探案系列）
ISBN 978－7－5166－3847－7

Ⅰ.①水… Ⅱ.①安… ②张… Ⅲ.①长篇小说－意大利－现代
Ⅳ.①I546.45

中国版本图书馆CIP数据核字(2018)第029930号

著作权合同登记号：01-2016-2585

水的形状

[意] 安德烈亚·卡米莱里 著　　张 莉 译

选题策划：黄绪国		责任印制：廖成华	
责任编辑：李瑞瑞		封面设计：李尘工作室	

出版发行：新华出版社
地　　址：北京石景山区京原路8号　　邮　　编：100040
网　　址：http://www.xinhuapub.com
经　　销：新华书店、新华出版社天猫旗舰店、京东旗舰店及各大网店
购书热线：010－63077122　　中国新闻书店购书热线：010－63072012

照　　排：臻美书装
印　　刷：三河市君旺印务有限公司

成品尺寸：130mm×185mm　1/32
印　　张：6.75　　　　　　字　　数：110千字
版　　次：2018年3月第一版　　印　　次：2018年3月第一次印刷

书　　号：ISBN 978-7-5166-3847-7
定　　价：36.00元

1

黎明已至，斯派拉德庭院的天空仍旧一片黑暗，政府将维加塔小镇收集垃圾的重任交给了该公司。低沉、浓密的乌云覆盖住了整片天空，好像一块巨大的灰色篷布从一角延伸至另一角。没有一丝风，树叶都静止了。今年的西罗科风一直沉睡着久未苏醒，但人们已经开始谈论起这个话题了。工头在分配要清扫的区域之前宣布佩佩·斯彻玛丽和卡鲁佐·布库拉瑞已经被开除了，今后都不会来上班了。他们不仅被开除了，而且还被逮捕了——前一天晚上他们手持武器试图抢劫一家超市。皮诺·卡塔拉诺和萨罗·蒙塔波托本应是两位年轻的土地测量师，只因年轻而未被聘任为土地测量师，但在议院代表库斯玛诺的极力引荐下被斯派拉德公司聘为临时的"生态代理人"，因为他们曾在库斯玛诺的竞选中倾心倾力为库斯玛诺效劳（所倾之力远远超出所倾之心）。工头将原来佩佩和卡鲁佐负责的工作区域交给他俩来做。该区域被称为"牧场"，得此名是因为很久很久以前，据说一位牧羊人曾经在这里放过羊。这是位于城镇郊区一大片广阔的地中海灌木丛林，几乎都快延伸到海岸了。它的后面是一个大型化工厂的废墟，这个化工厂当初是由无所不能的议院代表库斯玛诺创办的，那个时候大发展的东风刮得正劲。然而，东风很快变成了轻薄的泡沫，纷纷落下，但就在那短暂的时间内，它造成的破坏程度比龙卷风的杀伤力还要大，之后留下一塌糊涂的债务和失业。为了防止流浪在城市的黑人和偏黑的塞内加尔人、阿尔及利亚人、突尼斯人和利比亚人在工厂周围聚众闹事，工厂周围筑起了高墙，其前方依然耸立着那些老旧的建筑，它们被恶劣的天气和海盐侵蚀着。工厂也疏于管理，使得这些建筑看起来越来越像是嗑药之后的高迪设计出来的。

直到现在，对于那些依然顶着"垃圾清洁工"这个不雅之名的人来说，牧场仍是工作轻松的代名词：分类纸屑、塑料袋、啤酒和可口可乐罐，处理成堆的露天大便，时不时也会出现使用过的避孕套，这会使人浮想联翩，产生做那种事情的欲望，并想象着交欢的各种细节。然而，对于现在这样的好年景，偶尔一用的避孕套也会积堆成山、遍地都是。这样的情况源于某位部长深深的思考和谋划。他的长相颇似龙勃罗梭：脸庞黝黑且沉默寡言。他的谋划比长相更幽暗也更神秘。他提出了一个他认为能够解决南方所有法律和秩序问题的想法，并曾设法把这个想法卖给了一个与军队打交道的同事。就角色而言，这个同事看起来好像是现实版的匹诺曹。两人决定共同派遣一批人马到西西里岛去"控制该片领土"，从而帮助减轻这些人的负担：宪兵队、地方警察、情报部门、特种作战小组、海岸警卫队、高速公路警察、铁路警察和港口警察以及反黑手党、反恐怖主义、禁毒、防盗和反绑架委员会，还有其他忙于各种事务的人（此处为简洁表达而省略）。由于这两位杰出政治家的卓见，所有皮埃蒙特区飞车一族的男孩们和弗留利区年轻的应征者们前一天晚上还享受着山上的清新空气，第二天却突然发现自己喘不过气来。在这些临时住所、在高于海平面仅仅一码的小镇里，他们气喘吁吁。周围的人们说着晦涩难懂的方言，常常伴以沉默寡言，令人费解地挑动着眉毛，面部泛着细细的皱纹，难以看清。因为年轻，他们尽力适应这里，并得到了维加塔居民的帮助。当地居民对这些外来男孩子们失落和迷惑不解的神情深感惋惜。那个想要减轻他们流亡之苦的人便是盖戈·古洛塔。他的思维非常敏捷，直到那个时候，还在通过买卖少量药物来抑制其当皮条客方面的天赋异禀。通过私下渠道以及从部长那里得知士兵们就要到达这个镇子，盖戈突发灵感。为了使其灵感真正为其效力，他迅速想出如何让事情的负责人全都得到好处，从而获得执行计划所不可缺少的无数个错综复杂的权威授权。负责人是指那些真正控制该地区的人，他们做梦也不会想到还可以发放官方盖章的许可证。简而言之，盖戈成功地在牧场经营着专业化的人肉交易和各种各样的药物买卖，一切都做得光明正大。大多数"人肉"来自东欧国家，现在他们终于免受某执政党的统治。众所周知，这些人曾被剥夺了所有个人的以及人类的尊严。现在，夜幕降临，在牧场的灌木丛和海岸之间，重新获得的尊严再次熠熠生辉。但是也并不缺乏来自第三世界的妇女、易装癖者、变性人、那不勒斯的同性恋者、巴西的热女郎。所有这些像一场盛宴，满足了各种口味，满足了有钱人各种不堪的需求。生意繁荣兴旺，满足了士兵们和盖戈的需求，也满足了那些以适当消减数量为幌子而继续授权给盖戈从事此商业活动的人。

皮诺和萨罗分别推着自己的垃圾收集车，走向安排给他们的工作区域。如果像他们那样走得慢的话，走到牧场要花费半小时。前十五分钟，他们一句话也没说就已经满头大汗、浑身湿漉漉的了。后来，萨罗先开口说话。

"那个佩科里拉就是个混蛋。"他大嚷道。

"一个该死的混蛋！"皮诺进一步强调说。

佩科里拉便是负责分配待清洁区域的工头，对所有受过教育的人都抱有一腔毫无掩饰的仇恨。他四十岁的时候终于完成了中学的教育，这要归功于库斯玛诺，是他与老师进行了一次面对面的交谈。因此，这一工头总是把那些最艰苦、最低下的工作交给他管的三个大学生来做。事实上，那天早晨，他安排了西库·劳洛托负责码头那片区域，邮船都是从那个码头出发前往兰佩杜萨岛。这意味着获得会计学位的西库将被迫负责处理那里成堆的垃圾，那些垃圾是一群群喧闹的游客在周六和周日等待上船时留下的。他们说着不同的语言，但共同点就是完全无视个人卫生和公共卫生。皮诺和萨罗确信，经过士兵们这两天的休班，牧场已经变成了一大片堆满杂物的鬼地方。

当他们到达林肯大街和肯尼迪大街（在维加塔甚至有名为"艾森豪威尔"的庭院和"罗斯福"的弄堂）的拐角处时，

萨罗停了下来。

"我上楼一趟，看看那个小家伙在做什么。你在这儿等着我，我一会儿就好。"他对他的朋友说。

皮诺还没来得及回答，萨罗就溜进了一座不超过十二层高的小高楼上，这楼跟化工厂差不多同时建造，这么快就变得破旧不堪，但并未完全被废弃。对于从海边来的人来说，维加塔就像是曼哈顿的缩影。这也许就解释了为何它的某些街道是如此命名的。

尼诺这个小家伙醒了。他每晚时断时续地睡一两个小时，剩下的时间都睁大眼睛，也不哭。谁见过一个从来也不哭的孩子呢？日复一日，他患上了一种无法查明原因也无法救治的疾病。维加塔的医生们也弄不明白。他的父母不得不带他到别的地方就诊，想找个有名的专家，但他们没钱。只要尼诺看见他的爸爸，他就变得不高兴，额头上会出现一道皱纹。他不会说话，但能够用一种沉默责备将他带入如此窘境的人来清楚地表达自己的情绪。萨罗的妻子塔娜为了让萨罗高兴点儿，就跟他说："他正在慢慢康复，烧也在退。"

※

此刻云已经消散开来，太阳热得足以烤焦岩石。萨罗比较勤快，已经把十几车的垃圾倒入了工厂后面出口处的垃圾箱里，他感到背部像裂开了一样。在距离通往省道的围墙沿路几步远的地方，他看到地面上有个东西在闪闪发光，于是弯下腰仔细查看。这是一个巨大的心形吊坠，四周镶有小钻石，中间是一颗大钻石，挂在一条结实的金链上，金链的一处断裂了。萨罗想都没想就伸出右手抓起项链，把它塞进了口袋里。他对自己的发现感到惊诧。他汗流浃背地站了起来，环顾四周，一个人影也没有。

※

皮诺在清理靠海滩最近的那片区域。他看到前方二十码处的一辆车的车头，由于这里的灌木丛比别处的更为密集，也就看得不太清。他不是很确定，停了下来。早上七点是不可能有人在这儿跟一个妓女鬼混的。他开始谨慎地一步一步接近，几乎是弯着腰。当到达车尾灯时，他快速地挺起身子。什么也没发生，也没有人喊或骂他，车子里面像是没人一样。当慢慢靠近后，皮诺终于辨认出一个模糊的人影一动不动地坐在乘客座位上，头往回扭着，似乎睡得很香。但通过观察他的外观和闻他的气味，皮诺觉得什么东西有股腥臭味。他转过身叫萨罗，萨罗气喘吁吁地跑了过来，瞪大眼睛。"什么事？你想要干什么？"皮诺觉得他这个朋友的语气有点挑衅，可能是因为萨罗一路跑过来，上气不接下气。"看看这个！"他说。

皮诺鼓起勇气走到驾驶座的一边，试图打开车门，但车门锁上了打不开。萨罗似乎已经平静下来了，在他的帮助下，皮诺设法到了另一扇车门那侧，车里那个人的身体就靠在这扇门上。但是这辆大型的绿色宝马汽车太靠近灌木丛了，任何人都很难从另一边靠近，向前倾就会被荆棘刺伤，然而，他们还是设法看清了那个男人的脸。他并没有在睡觉，而是眼睛睁得很大并且一动不动。那一刻，他们才意识到那个人已经死了，皮诺和萨罗害怕地僵住了——不是因为看见了死人，而是因为他们认出了这个死人是谁。

※

"我感觉自己像是在蒸桑拿一样，"萨罗说道，他沿着省道跑向电话亭，"一会儿冷飕飕的，一会儿又热乎乎的。"

从发现死者的惊恐中恢复过来后，他们达成了一个共识：在报警之前，他们必须先打一个电话。他们知道库斯玛诺代表的电话，萨罗拨通了电话，但皮诺按住电话不让它响。

"快，挂断电话！"他说。

萨罗按他说的做了。

"你不想告诉他吗？"

"我们想一下，让我们好好想想。这个非常重要。我们都知道库斯玛诺是个傀儡。"

"这是什么意思？"

"他是卢帕雷洛的傀儡，他对卢帕雷洛言听计从。卢帕雷洛死了，那么库斯玛诺就什么也不是，只是一个受气包。"

"因此？"

"因此什么因此。"

他们转身回维加塔，但才走了几步皮诺就叫住了萨罗。

"里佐律师。"他说。

"我不会给那家伙打电话的。一看到他，我就毛骨悚然。我甚至不认识他。"

"我也不认识，但我打算给他打电话。"

皮诺从接线员那里得到了里佐的号码。虽然才早上七点四十五分，电话响了一声，但里佐立马就接了电话。

"请问是里佐先生吗？"

"是的，你是？"

"很抱歉这个时间打扰您，里佐先生，但……我们发现了卢帕雷洛先生，他看起来像是死了。"

电话那边停顿了一会儿。然后里佐说道：

"那你为什么要把这个消息告诉我？"

皮诺不知所措了。对于所有的情况他都准备好了，唯独这一奇怪的回答令他不知如何回应。

"但是……您不是他最好的朋友吗？我们认为只有——"

"谢谢你这么说。但你还是先管好自己的事情吧！祝好！"

萨罗把脸颊凑到皮诺的脸旁，一直在听着他打电话。他俩困惑地看着彼此。里佐的表现就好像他听到的死者只是一个他不认识的陌生人。

"呸！他难道不是他的朋友吗？"萨罗大骂道。

"我们知道什么？也许他们吵架了。"皮诺安慰他说。

"那么我们现在做什么？"

"就像里佐律师所说的，我们走，只管我们自己的事情。"皮诺总结道。

他俩朝着小镇走去，走向警察局总部。他俩以前从没想过要去找警察，因为他们受一个来自米兰的中尉的指挥。另一方面，维加塔警局的警长是位来自卡塔尼亚的人，名叫萨尔沃·蒙塔巴诺，如果他想把事情查个水落石出，他一定能做到。

2

"再来！"

"不！"利维娅说，两眼仍盯着他，在这种爱意的紧张情绪中，她的眼睛愈加明亮。

"快点啦！"

"不，我说不！"

我总是喜欢被强迫一点。他记得有一次她在他耳边私语过，因此，想起这点，他紧握她的手腕，将其手臂张开，直到她看起来像被钉在十字架上一样，同时设法将其膝盖滑到她紧闭的大腿处。

他们互相注视了一会儿，彼此急促地呼吸着，突然，她投降了。

"好吧，就现在！"她说。

就在此刻，电话响了。甚至都没有睁开眼睛，蒙塔巴诺便伸出手臂，但他并没抓起电话，而是因美梦现在被无情地破坏了使他很气愤。

"你好！"他对着这个打来电话的人恼怒地喊道。

"警长，我们有个客户。"他听出了是法齐奥的声音。另一名手下托尔托雷拉因为肚子中了子弹还躺在医院里，原本以为可能是黑手党成员干的，但实际上只是一个可怜的微不足道的蠢货干的。在他们的行话中，"客户"意为他们应该去调查的死者。

"他是谁？"

"我们还不知道。"

"他是怎么被杀的？"

"不知道。实际上，我们甚至连他是否是被杀的都不知道。"

"我不明白。你把我叫醒就是为了告诉我，你不清楚这件事吗？"

蒙塔巴诺深吸了一口气以消除他毫无缘由的愤怒，法齐奥怀着圣人般的耐心忍耐着。

"谁发现他的？"他继续问。

"牧场里的两个垃圾清洁工。他们在车里发现了他。"

"我马上到。同时给蒙特鲁萨的部门打电话，让他们从犯罪实验室派人过来，还有，通知洛·比安科法官。"

※

站在淋浴下面时，蒙塔巴诺得出了一个结论：死者一定是库法罗团伙的成员。八个月前，可能是由于一些领土争端，维加塔的库法罗和费拉的西纳格拉两个帮派之间爆发了一场凶猛的战争。每月都会有一个受害者，两个帮派成员有序地交替着：一个是在维加塔受害，另一个在费拉受害。最近，有个名叫马里奥·萨利诺的人在费拉被维加塔人射杀，所以现在很明显轮到库法罗的成员被害了。

蒙塔巴诺一直独自住在海滩上的一个小房子里，在小镇的另一边，远离牧场。出门之前，他给热那亚的利维娅打电话。她立刻就接电话了，尽管快要睡着了。

"很抱歉吵醒你，但是我想听听你的声音。"

"我正梦见你，你和我在一起。"她说。

蒙塔巴诺也想说他一直在梦见她，但觉得那有点儿假正经，所以就没说，而是问："我们在做什么？"

"做我们好久都没做的事。"她说。

※

在总部，除了法齐奥，只剩下三名警察。其他人去了一家服装店老板的家，那老板因为继承问题而枪杀了他的姐姐，然后逃跑了。蒙塔巴诺打开了审讯室的门。两个垃圾清洁工坐在长凳上，蜷作一团，尽管天气炎热但都脸色苍白。

"等一下，我就回来。"蒙塔巴诺对他们说。两个人只是听着，甚至没有回答。他们都知道，任何时候无论什么原因卷入法律事件都将是一件麻烦事。

"有人给报社打电话了吗？"警长问他的手下。他们摇摇头。

"嗯，我不想让他们知道这件事，记住这一点！"

加鲁佐胆怯地走上前，伸出两根手指好像询问他是否可以去趟厕所。

"跟我小舅子也不能说吗？"

加鲁佐的小舅子是维加塔电视台负责报道地方犯罪的新闻记者，蒙塔巴诺想着如果加鲁佐什么也不告诉他，他们回家可能会吵架。加鲁佐正可怜巴巴地看着他。

"是的。但尸体被搬走之后，他可以来，不许带摄影师拍照。"

他们坐着巡逻车出发了，留下吉亚隆巴多值班。加洛开车。跟加鲁佐在一起，加洛经常充当笑柄，例如，"嘿，警长，鸡笼里有什么新鲜事儿吗？"[1]

"不要超速！别着急！"因为了解加洛的驾驶习惯，蒙塔巴诺告诫他。

在加尔默罗会教堂附近的转弯处，佩佩·加洛再也忍不住了，开始加速，他疯狂地加速，只听见轮胎发出刺耳的尖叫声。他们听到一声爆裂的巨响，像鸣枪一样响亮，汽车刹住，停了下来。他们下车看见右后轮胎瘪了，爆胎了。只见一个锋利的刀片插在里面，口子清晰可见。

"真倒霉！"其中一人叹了口气。

蒙塔巴诺非常生气。

"你们都知道他们每月割两次轮胎！天啊！每天早上我都会提醒你：出门前不要忘记检查一下轮胎！但你这个蠢货却把它当成了耳旁风！有一天人家勒着你的脖子，你也不长记性啊！"

由于种种原因，只花了十分钟就换好了轮胎。当他们到达牧场时，蒙特鲁萨犯罪实验室的人员已经到了。他们正处在蒙塔巴诺称为的"冥想期"，也就是说，五六个人

---

1 "加洛"这一名字在意大利语中意为"公鸡"，而"加鲁佐"这一名字在意大利语中也是一种体型较小的公鸡。

15

围着那辆车站着，通常手都放在他们的口袋里或背后。他们看起来像哲学家一样陷入深思，但实际上他们的眼睛正在搜索地面，寻找线索、痕迹和脚印。犯罪实验室负责人亚科穆齐一看到蒙塔巴诺就立马跑了过来。

"怎么媒体没来？"

"我不想通知他们。"

"这次他们会指责你试图掩盖一件大事。你知道死者是谁吗？"他很不高兴地说。

"不知道，是谁啊？"

"不是别人，正是工程师西尔维奥·卢帕雷洛。"

"天哪！"蒙塔巴诺只答道。

"你知道他是怎么死的吗？"

"不知道。我也不想知道。我先自己去看看他。"

亚科穆齐很恼火，返回到刚才那帮人当中。警察局的摄影师拍摄了现场图片，接下来是帕斯夸诺医生验尸。蒙塔巴诺注意到，验尸官被迫处在一个很别扭的位置，他的身体一半在车内，扭动着往乘客座位移动，那里可以看到乘客座位处一个黑暗的轮廓。法齐奥和维加塔的警察正在为其蒙特鲁萨的同事们提供帮助。警长点燃了一根烟，然后转过去看化工厂。那片废墟激起了他的兴趣。他决定哪天回来拍几张照片送给利维娅，这样就有助于解释一些关于他自己和这座她一直无法理解的岛屿上的事情。

洛·比安科的车停了下来，法官走了出来，看起来很激动。

"真的是卢帕雷洛吗？"他问道。

显然，亚科穆齐一点也没浪费时间。

"看起来是。"

法官走向犯罪实验室人员并开始跟亚科穆齐和帕斯夸诺医生交谈起来。这时，帕斯夸诺医生从他的公文包里拿出一瓶酒精来给他的手消毒。蒙塔巴诺在太阳下晒了很久，实验室的人才回到他们的车里，然后离开了。亚科穆齐经过蒙塔巴诺时什么也没说。在身后，警长听到救护车的警报声逐渐远去了。现在轮到他了，他必须要说些什么、做些什么，他必须这样才行。他打起精神朝那辆装有死者的车子走去。走到半路，法官拦住了他。

"尸体现在可以移走。考虑到别让可怜的卢帕雷洛坏了名声，我们的行动越快越好。无论如何，每天都要向我汇报调查进展情况。"

停顿了一会儿，为了让他刚才说的话听起来不那么强硬，他补充道："在你认为合适的时候给我打电话。"停了一会儿，他又说："当然，要在我上班期间。"

他走了。是在他上班期间，而不是在家休息期间。众所周知，洛·比安科法官正在家里忙于编写一部古板但很吹嘘的书——《马蒂诺一世国王（1402-1409）时期吉尔真蒂大学法学专家里纳尔多和安东尼奥·洛·比安科之生平与成就》。他声称，无论多么名不见经传，所写的那些洛·比安科都是他的祖先。

"他是怎么死的？"蒙塔巴诺问医生。

"你可以亲眼看看。"站在一边的医生回答。

蒙塔巴诺把头探进车里，感觉像是伸进了一个烤箱（更具体地说是火葬场）。看到尸体的第一眼，他就立刻想到了警察局长。

他想到了警察局长，并不是因为在每次调查之初他都不自觉地会有社会阶层的想法，而是因为十几天前曾与他的好朋友老局长布兰多谈过阿瑞斯写的一本书——《西方对待死亡的态度》，他们都读过这本书。老局长认为，每一次死亡，即使是最卑劣的死亡，都是神圣的。蒙塔巴诺非常坚定地反驳了他，对所有的死亡，甚至是一个教皇的死亡，无论如何，他也从未看到过任何神圣之处。

他希望老局长现在就到他身旁来看看他所见的。这位卢帕雷洛以前一直很文雅，衣冠楚楚，但是现在他的领带没了，衬衫褶皱着，眼镜歪斜着，夹克领半翻出来，很不协调，他的袜子往下耷拉着，盖住了他的便鞋。但是，令警长最震惊的是他的裤子被脱到膝盖处，露出了裤子里面的白色内裤，衬衫和汗衫一起被卷起来直到胸的中部。

他的生殖器裸露在外，看起来很淫秽，非常可怕，又粗又多毛。这与他整个人身上别的部位所表现出来的精致形成了鲜明对比。

"但他是怎么死的？"蒙塔巴诺从车里出来，又问医生。

"你不觉得死因似乎很明显吗？"帕斯夸诺医生粗鲁地回答，"你知道伦敦一位著名的外科医生给他做过一次心脏手术吗？"

"不，我不知道。我上周三在电视上看到他时，他看起来还非常健康。"

"他可能看起来很健康，但实际上不是。你知道的，在政治圈他们都像狗一样，一旦意识到你不能自我保护的时候，他们就会向你发起攻击。很显然，他在伦敦进行过一次心脏搭桥手术。他们说这个手术非常困难。"

"在蒙特鲁萨，谁是他的医生呢？"

"我的同事卡普阿诺医生每周都去给卢帕雷洛做检查。他的健康对他来说至关重要——你知道的，他总希望看起来很健康。"

"你觉得我是不是应该跟卡普阿诺医生谈谈呢？"

"完全没必要。发生在这里的事情是显而易见的，可怜的卢帕雷洛先生想要在牧场找个骚娘们，也许还想同一些有异域风情的荡妇乱搞一下，他以前也有过，到最后却只剩下这具尸体。"

他注意到蒙塔巴诺的眼神恍惚不定。

"不相信？"

"不。"

"为什么不？"

"实话跟你说，我真的不知道。明天，你能把尸检结果给我看看吗？"

"明天？！你疯了吗？在卢帕雷洛死之前，我得知一个二十岁的女孩在一个牧羊人的小屋里被强奸，十天后发现她被狗吃了。之后还有福佛·格列柯，他的舌头被割掉了，他的睾丸也被割掉了，然后他们把他挂在树上吊死了，再后来——"

蒙塔巴诺打断了医生对最近所发生案件的一一列举。

"帕斯夸诺，我们言归正传。你什么时候能给我结果？"

"如果这几天我不用满城跑去检查别的尸体，我就后天给你吧！"

他们道了别。蒙塔巴诺把几个手下叫过来吩咐他们该去做什么、什么时候将尸体抬上救护车。然后他让加洛开车送他回警局。

"你之后可以再回来接别人。如果你再开车那么猛，我会勒断你的脖子。"

※

皮诺和萨罗签署了保证书。他们在保证书里描述了他们发现尸体前前后后的一切行为，但是忽略了两件重要的事情，这两件事情是垃圾清洁工特意小心谨慎未向司法机构透露的。第一件事情是他们几乎立刻就认出了死者，第二件事情是他们立刻将其发现通知了律师里佐。然后他们朝家走去，很显然，皮诺在想别的事情，萨罗时不时地摸一下口袋里装着的那条项链。

至少未来二十四小时什么也不会发生。下午，蒙塔巴诺回到家里，重重地摔倒在床上，睡了三个小时。九月中旬的海面平静得像一面镜子，他醒来后去游了很长时间的泳。回到屋里，他做了一碗海胆肉酱意大利面，然后打开电视。当然，当地所有的新闻节目都在谈论卢帕雷洛的死。他们唱着赞美诗，时不时会出现一个政客，脸上的表情很应景，列举着死者的优点和他去世所带来的损失。但是没有一个人，甚至反对派频道的新闻节目里也没人敢提卢帕雷洛是在哪儿以及在什么情况下悲伤地走到了他生命的终点。

3

萨罗和塔娜度过了一个糟糕的夜晚。毫无疑问，萨罗发现了秘密宝藏，就像传说故事里流浪的牧羊人偶然发现了古老的罐子里装满金币或是找到一个钻石盖满全身的羔羊。但现在的事情跟传说里的根本不是一回事：非常肯定的是，前一天项链丢失了，其款式和做工很现代，而且任何人都能猜测到它很值钱。会不会没人声称这个遗失的东西呢？就像以往的每个晚上一样，他们坐在小餐桌前，让电视开着，让窗户也大开着，这样可以防止邻居觉察到任何微小的变化，说出任何闲话。锡拉库萨兄弟的珠宝店重新开张了，塔娜的丈夫萨罗当天就想去卖了它，但是立刻就遭到了塔娜的反对。

"首先，我们都是老实人。我们不能去卖不属于我们的东西。"她说。

"但是，我们又该怎么做呢？你想让我去告诉工头我发现了一条项链，然后把它交给他，再等物主来索要的时候将其物归原主吗？那个混蛋佩科里拉不出十秒钟就会自己去卖掉。"

"我们可以做些别的事情。我们可以把项链放在家里，并且告诉佩科里拉。然后，如果有人来要，我们就还给他们。"

"这对我们有什么好处吗？"

"很少有人能发现这样一个宝贝。你认为它值多少钱？"

"最少两百万里拉。"萨罗回答说。他立马意识到自己说出了一个太高的数字。"那么，就当我们得到了两百万。你能告诉我，我们如何用这两百万来支付尼诺的医疗费吗？"

他们一直谈到黎明，后来因为萨罗要去上班才停止。但他们达成了一个临时协议，而且这个协议可以让他们的诚实完好无损：他们先拿着项链不告诉任何人。一个星期以后，如果没人来领，他们就会把它典当掉。

萨罗洗漱好准备离开之前先去亲吻他的儿子。他惊喜地发现：尼诺正安稳地沉睡着，好像知道他的父亲找到了一个可以让他更好地生活的办法。

※

皮诺那天晚上也没睡着。他天性多虑，喜欢戏剧并在维加塔及其附近出演了几部意义深远但却越来越罕见的业余作品。所以他阅读戏剧文学。一旦微薄的收入允许，他就会冲到蒙特鲁萨唯一的一家书店买他喜爱的喜剧和戏剧。他和他的母亲住在一起，他母亲有小额的养老金，所以吃饭并不成问题。吃完晚餐，他母亲让他讲述了三遍他是如何发现尸体的，并要求他每次都要详细解释一些细节或场景。她之所以这么做，是因为第二天她就可以向教会里或市场上的朋友们重述整个故事。她很自豪能私下知晓这件事情，也很自豪有一个能参与如此重要事件的聪明的儿子。大约午夜时分，她上床睡觉，不久之后皮诺也上床睡觉了。但是，他怎么也睡不着，似乎有什么东西让他辗转反侧。正如我们所说，他天性多虑，因此，试图入睡花了两个小时后，他说服自己这是没用的，这也可能是因为圣诞节前夕的缘故。他下床，洗了把脸，坐在他卧室的小桌子前面。他又跟自己重复了一遍他向他母亲讲述的故事，虽然每一个细节都合理，也都说得过去，但他脑海中的某处一直在嗡嗡作响。这就像一种猜谜游戏，只要他回顾他所说的一切，那嗡嗡声似乎在说，"远未猜中！"因此，这种状态一定缘于他没有告诉他母亲的事情。事实上，他没有告诉她的事情是与萨罗约定好的，而且也没跟蒙塔巴诺警长讲：他们立刻就辨认出了尸体并给里佐打了电话。而此刻，嗡嗡声越来越响并且尖叫着"快猜中啦！"所以他拿起一支钢笔和一张纸，一字一句地写下了他与律师的对话。他重读了一遍并做了一些修正，强迫自己记起每个细节，甚至停顿，就如同在写戏剧脚本一样。都写完之后，他又读了一遍最后的草稿。对话中的某些事情还是说不通，但现在太晚了，而且他还得去斯派拉德公司上班。

※

大约早晨十点，蒙塔巴诺在读两份西西里岛的日报，一份来自巴勒莫，另一份来自卡塔尼亚，但都被局长的电话打断了。

"我要向你转达感谢。"局长开口道。

"真的吗？代谁转达呢？"

"代表主教和我们的部长。特鲁齐阁下对基督教慈善事业很满意，这些是他的原话——你，我应该怎么说呢，用行动阻止了任何不道德、不雅的记者和摄影师去刻画和传播死者淫荡的一面。"

"但这是我在知道他是谁之前就下的命令！我会为任何一个人做同样的事情。"

"我知道，亚科穆齐都告诉我了。但我为什么要向我们神圣的神职者宣告这些不相干的细节呢？我为什么要纠正他或你对这种基督教慈悲的看法呢？因为慈悲对象的地位愈高，这种慈悲就会变得愈加珍贵。我亲爱的人啊，你懂我的意思吗？想象一下，主教甚至引用了皮兰德娄的话。"

"不！"

"哦，是的。他引用了《六个寻找剧作家的角色》里的话，剧里的父亲说了这样一句话：尽管有人一生正直，但他不可能一辈子都不做一件不值得令人尊敬的事情，人总会有片刻的软弱。换句话说，我们不能把卢帕雷洛的裤子被脱掉这一形象留给后人。"

"部长说了些什么？"

"他当然没有引用皮兰德娄的话，因为他甚至不知道这个人是谁，但是话虽然说得含糊，意思却是一样的。因为他和卢帕雷洛是属于同党派的，他又不辞辛苦地补充了一个词。"

"是什么？"

"审慎。"

"审慎对这件事情有什么用呢？"

"我不知道，但这是他的原话。"

"有任何尸检的消息吗？"

"还没有。帕斯夸诺想把他的尸体冰存到明天，但我告诉他今天上午的晚些时候或下午早些时候进行尸检。尽管如此，我认为我们并不能从他的死亡中得到任何新线索。"

"是的，可能并不能。"蒙塔巴诺赞同道。

※

蒙塔巴诺又开始读他的报纸，但是从报纸上能获取的信息甚少，还不如他已经了解的生活、奇事以及最近死亡的工程师西尔维奥·卢帕雷洛这些事情多。它们只是为了唤起他的记忆。作为蒙特鲁萨王朝建造者的继承人（他的祖父设计了老火车站，他的父亲设计了法院大楼），年轻的西尔维奥获得了米兰理工学院的最高荣誉，毕业后回到家乡继续振兴家族企业。作为一个务实的天主教徒，他过去一直追随他祖父的政治理想，成了唐·路易吉·斯图尔佐的疯狂追随者（他的父亲过去是法西斯民兵，在罗马参军，其思想秘而不宣）。他在福西这一天主教大学学生的国家组织中设法为自己建立了一个稳定的朋友圈。此后，每一次公共场合——示威、集会或是节日——西尔维奥·卢帕雷洛总是与党派的大佬们一起出席，但总是在他们的身边一步左右，半露着微笑，好像是在表明他站在那个位置是自己的选择，而非阶层所致。在地方和议会选举中，官方会多次拟定候选人，他每次都以特别高尚的理由（总是足以引起公众的注意）退出，让人觉得他很谦卑，渴望默默地无私奉献，这才是真正的天主教徒。他已经默默地奉献了近二十年，直到有一天，凭借他在幽暗处那敏锐的眼光，他崭露头角。他也有了自己的随从，首先是库斯玛诺代表。后来，他也同样让参议员波特兰诺和议院代表特里科米成了他的追随者（虽然报纸上称他们为"友好的朋友"和"忠实的追随者"）。简而言之，蒙特鲁萨及其所在省整个党派都已被他掌控，并掌握了大约百分之八十的公共和私人拉票协议。别说是一些米兰的法官引起的动荡，就算要将一个已经掌权五十年的政治阶层拉下台，这都在他的掌控之内。相反，以前他一直活在暗处，现在他可以进入公众视野了并一举扫除了党内的腐败。在不到一年的时间里，作为革新领袖，他担任省委书记，获得了民众的一致好评。然而，不幸的是，他从事这个光荣的职务后仅仅三天就死了。一家报纸哀悼说，残酷的命运并未对一个如此崇高之人施以恩惠，并且他的党派要想恢复到以前的辉煌需要一定的时间。为了纪念他，两份报纸一起发表文章来赞美他的慷慨和善良，以前无论何时他都愿意向朋友和敌人伸出援手，没有任何党派歧视。

蒙塔巴诺记得他一年前在一些当地电视台上看到的新闻故事，不禁一阵战栗。卢帕雷洛在他祖父的出生地贝尔菲镇成立了一个小型孤儿院，孤儿院的名字跟他祖父的重名了（孤儿院的名字取自他祖父的名字）。孤儿院大约有二十个孩子，穿着相同，大家同唱一首歌来感谢工程师，工程师听着歌很是感动。在警长的记忆中，他永远也忘不了那首歌的歌词：

> 多么好的一个人
> 多么善良的一个人
> 他就是我们亲爱的
> 绅士卢帕雷洛

报纸除了掩饰工程师死亡时的情景外，还特意忽略了那些已经流传多年的谣言，关于他所卷入的隐秘事情。有人谈到他操纵合同竞争，吃了数十亿里拉的回扣，并且进行敲诈勒索。所有的这些事情都使人不约而同地想到里佐顾问，他最开始是个球童，后来做了得力助手，最后成了卢帕雷洛的至交。这些一直存在的谣言不断地在流传。有人甚至说里佐是卢帕雷洛和黑手党之间的联络人。在这一问题上，警长曾成功地解读了一份关于货币走私和洗钱的机密报告。当然，这些只是怀疑，没有什么证据，因为它们从来就没有机会得以证实；每一项调查的授权请求都丢失在这位工程师的父亲曾经设计和建造的法院大楼的迷宫中。

※

　　午餐时刻，蒙塔巴诺给蒙特鲁萨飞行队打电话，要求同费拉拉下士通话。她是他的一位老同学的女儿，很年轻就结婚了。她是一位非常机智的女孩，时不时地找各种由头来试图勾引他。

　　"安娜吗？我需要你。"

　　"什么？我不相信。"

　　"你今天下午有空吗？"

"我有空，警长。日夜为您效劳。你打声招呼或打个电话，只要你喜欢，我一直都在。"

"好。我大约三点到蒙特鲁萨你家去接你。"

"这太幸福了。"

"哦，安娜，穿得性感些。"

"穿高跟鞋和开叉礼服那类衣服？"

"我只想说不要穿制服。"

※

听到汽车的第二声鸣笛，安娜穿着裙子和衬衫从前门准时地走出来。她没有问任何问题，也没亲吻蒙塔巴诺的脸颊。只是当汽车转向从省道通往牧场的三条小路的其中一条时，她才开口说话。

"嗯，如果你想要做点什么事情，我们去你家。我不喜欢这里。"

牧场只有两三辆车，但它们显然不属于盖戈手下值夜班的人。里面坐的是无处可去的学生，有男有女，以及尚未结婚的恋人。蒙塔巴诺沿着一条小路朝尽头开去，直到前轮陷入沙中才停下来。他们的左边是一大片灌木丛，卢帕雷洛的宝马正是在那一大片灌木丛旁边被发现的，但是按着这个路线，车是过不去的。

"他们是在这里发现他的吗？"安娜问。

"是的。"

"你在找什么？"

"我不确定。我们出去看看。"

当他们朝着水边走去的时候，蒙塔巴诺用胳膊搂住她的腰，将她搂紧。她微笑着将她的头依偎在他的肩上。她现在明白警长为什么邀请她：这都是精心策划的。他们想要装成一对恋人，在牧场找到可以两人独处的地方。不暴露身份就不会引起别人的好奇。

他都不考虑我的感受，她心想。

走到某一处，蒙塔巴诺停了下来，背对着大海。他们面前大约一百码远处是灌木丛，乌鸦在上面盘旋。毫无疑问，宝马不是从小路开过来的，而是从沙滩旁边开来的，并且绕着灌木丛转了一圈才停下来。车头面对着旧工厂，也就是说，所有从省道上驶来的车都处于它的相反位置，因为没有地方可以掉头。任何想返回省道的人别无选择，只能返回小路倒车。蒙塔巴诺又走了一小段距离，他的手臂仍搂着安娜，他低下头，但找不到轮胎的轨迹；大海已经吞噬了一切。

"所以，现在怎么办？"

"首先，我得给法齐奥打个电话。然后，我会送你回家。"

"警长，我能跟你说句实话吗？"

"当然可以。"

"你就是个狗屁。"

4

"警长吗？我是帕斯夸诺。你到底躲哪儿去了？我已经找你三个小时啦，在总部他们什么也不跟我说。"

"你在生我的气吗，医生？"

"你？我在生讨厌的全宇宙的气呢！"

"他们对你做了什么？"

"他们强迫我优先考虑卢帕雷洛，确切地说，就像他活着的时候。因此，甚至在死后这家伙也要比其他人优先吗？我猜他的坟墓也在第一排吧？"

"你有一些事情想告诉我吗？"

"只是提前告知你一下我会以书面形式写给你的内容。绝对没错：他系自然死亡。"

"怎讲？"

"以不那么学术的方式说，或者从字面上来说，他的心脏爆裂了。你知道，在其他每一个方面，他都是健康的。也就好比说，只是他的'泵'不工作了，这导致了他体内机能的枯竭，即使他们做了一个勇敢的尝试修复它。"

"尸体上还有任何其他迹象吗？"

"什么迹象？"

"我不知道，比如，擦伤、注射……"

"正如我所说的，什么都没有。我不是三岁小孩，你知道的。不管怎样，我询问并获得了我的同事卡普阿诺的同意。他的私人医生将会参与尸体解剖。"

"能闭上你那张臭嘴吗，医生？"

"你说什么？"

"很抱歉，我瞎说呢。他还有其他疾病吗？"

"你为什么又从头开始啦？他的身体没有什么问题，只是有点高血压。他服用利尿剂治疗。每周四和周日，他早上醒来的第一件事就是吃药。"

"所以在周日，当他死的时候，他已经吃过药了？"

"那又怎样？那又能说明什么呢？他的利尿药里被下毒了吗？你以为你还生活在博尔吉亚时代啊？还是你开始阅读神秘小说啦？如果他被下毒，你觉得我会注意不到吗？"

"那天晚上他吃饭了吗？"

"没，他没有。"

"你可以告诉我他几点死的吗？"

"你的这些问题快把我逼疯了，你一定是美国电影看多了。你知道，只要警察问犯罪什么时候发生，验尸官就会告诉他，凶手是在三十六天前的下午六点三十二分杀的人。你亲眼所见那些僵硬的尸斑还没有形成，不是吗？你感觉车里很热，不是吗？"

"所以呢？"

"所以可以断定，死者是在被发现前的晚上七点到九点之间死亡的。"

"没有其他的了？"

"没有其他的了。噢，我差点忘了：卢帕雷洛先生死了，这是肯定的，但在那之前，他做了那种事——没错，性交。我们在他的下体发现了精液的痕迹。"

※

"局长吗？我是蒙塔巴诺。我想让您知道，我刚刚跟帕斯夸诺医生通话了。尸检完毕。"

"别说了，蒙塔巴诺，我已经知道一切了。大约两点的时候，我接到了亚科穆齐的电话，他当时就在那儿，并告诉了我实情。太好了，对吧？"

"很抱歉，我不明白您说的。"

"太好了，也就是说，一个人在我们所管辖得这样好的省份就应该是自然死亡，这样也能为其他省份树立一个好榜样。你不觉得吗？再有两三起类似卢帕雷洛这类的死亡事件的话，我们就要赶上意大利的其余省份啦。你和洛·比安科通过话了吗？"

"没有。"

"请立刻跟他通话。告诉他没有更多的问题需要考虑。如果这位法官同意的话，他们可以在任何时候举办葬礼。听着，蒙塔巴诺，今天早上我忘记说了，我妻子发明了一个很棒的烹饪小章鱼的新食谱。你能在星期五晚上过来品尝吗？"

※

"蒙塔巴诺吗？我是洛·比安科。我想告诉你最新的情况。今天下午，我接到了亚科穆齐的电话。"

多浪费人才的职业啊！蒙塔巴诺在心里愤怒地对自己说。在其他时代，亚科穆齐可能会是一名优秀的公告播报员。

"他告诉我，尸检显示没有异常，"这个法官继续说，"所以我授权允许下葬。你有什么反对意见吗？"

"没有。"

"因此，我可否考虑结案？"

"可以再给我两天时间吗？"

他听到法官头上有警报声响起。

"为什么，蒙塔巴诺？有什么不对吗？"

"不，法官大人，什么也没有。"

"那么为什么，为了上帝的爱吗？坦白说，警长——你这样做，我个人倒觉得无所谓——我、首席检察官、地方长官和警局局长已被施压要尽快结束此事。记住，没有什么是非法的。对于一些人——家人、政治上的朋友——来说，迫切恳求是非常合适的，他们想要尽快忘记整个悲伤的故事。在我看来，他们是对的。"

"我明白，法官大人。但我还需要两天，只要两天。"

"但是为什么？给我一个理由！"

他找到了一个答案，一个借口。他无法很好地告诉法官他的请求没有任何根据，或者更确切地说，只是基于一种他被蒙蔽了的感觉——他不知道怎么回事或者为什么——在那一刻有人会被证明比他还聪明。

"如果你一定要知道，它只是出于对舆论的关注。我不想让任何人窃窃私语，说我匆忙了结这个案子是因为我不想去挖掘事情的真相。正如你所知道的，人们很容易有这样的想法。"

"如果这就是你的感觉，那么没关系。你可以有四十八小时，但一分钟都不能多。好好想想目前的情形吧！"

※

"盖戈吗？事情进展得怎么样啦，顺利吗？很抱歉在晚上六点半叫醒你。"

"谁啊？烦人！"

"盖戈，你就是这样跟法律代表讲话的吗？尤其是像你这种在法律面前只会尿裤子的人。"

"别扯淡了，你想干什么？"

"想和你谈谈。"

"什么时候？"

"今天晚上，晚一点儿，你告诉我时间。"

"那就午夜吧。"

"在哪儿？"

"老地方，蓬塔塞卡。"

"给你一个大大的吻，盖戈。"

※

"蒙塔巴诺警长吗？我是地方行政长官斯夸特里托。洛·比安科法官刚刚跟我说，你要求再多给二十四或四十八个小时，具体我记不太清了，去了结已故的卢帕雷洛先生这个案件。亚科穆齐医生礼貌地给我讲述了事情的来龙去脉，并且告诉我尸体解剖结果明确显示卢帕雷洛死于自然原因。我原不想用任何方式干扰你，怎么说呢，甚至连做梦都不想，因为任何时候都没有理由那样做，但还是让我问问你：你为什么有这样的请求？"

"长官，关于我的请求，正如之前我对洛·比安科法官解释的那样，现在我重申一遍，它是由对透明度的渴望所决定的，对于人们任何恶意的揣测，例如，警察局不喜欢澄清案件的每一方面，并且希望在没有让所有相关人员进行应有确认的情况下了结此案，我要阻止这些想法的萌芽。仅此而已。"

这个地方长官说他对这个答复感到满意，蒙塔巴诺确实仔细选择了两个动词（"澄清"和"重申"）和一个名词（"透明度"），这永远是地方长官词汇中的关键词。

※

"你好？我是安娜，对不起打扰你了。"

"你说话怎么这个样子？你感冒了吗？"

"没有，我在办公室，我不想让任何人听到。"

"什么事啊？"

"亚科穆齐给我上司打电话说你还不想了结卢帕雷洛的案子。我上司说，你还像以前一样混蛋。我同意他说的，事实上，几个小时前我就有机会告诉你。"

"这就是你打电话的原因吗？谢谢你的证实。"

"我还有一些其他的事要告诉你，警长，离开你之后，在返回去的时候，我发现了一些事情。"

"安娜，听着，我现在有急事，明天再告诉我吧。"

"没时间了。你可能对这件事很感兴趣。"

"我这里要忙啦，得忙到夜里一点或一点半。如果你想现在来拜访，那么没关系。"

"我现在不能去，我将会在两点的时候去找你。"

"今晚？！"

"是的，如果你不在，我就等你。"

※

"你好，亲爱的，我是利维娅，很抱歉在你工作的时候给你打电话，但是……"

"无论何时何地，你想给我打电话都可以。有什么事吗？"

"没什么重要的事，我刚刚在一份报纸上看到了关于你们党派一位政治家死亡的消息。它只是一条简短的信息。

上面写道，萨尔沃·蒙塔巴诺警长正在对死亡的可能原因进行彻底调查。"

"所以呢？"

"这个死亡事件给你带来什么麻烦没有？"

"没有很多麻烦。"

"所以一切照常吗？你还在星期六来看我吗？你没有对我隐瞒什么不好的惊喜吧？"

"比如呢？"

"比如一通电话告诉我，新一轮的调查开始了，因此我必须得等，但不知道得等多长时间。见面很可能得推迟一星期？当然了，这不是第一次了。"

"别担心，这次我会按时赴约的。"

※

"蒙塔巴诺警长吗？我是阿尔坎杰洛·巴尔多维诺教父，大主教的秘书。"

"很高兴接到您的电话！有什么可以帮您的吗，教父？"

"大主教已经了解到，可以说他很吃惊，你想要延长对西尔维奥·卢帕雷洛不幸死亡一事的调查，是真的吗？"

"确实是。"

蒙塔巴诺证实这是真的，而且第三次解释了他这样做的原因。巴尔多维诺教父似乎被说服了，甚至恳求警长抓紧时间，以避免不合时宜的任何炒作，使悲痛的家庭再受折磨。

※

"蒙塔巴诺警长吗？我是卢帕雷洛。"

"搞什么鬼！你不是死了吗？"蒙塔巴诺准备这样说，但他及时地憋了回去。

"我是他的儿子。"对方接着说，以一种非常有教养的礼貌语调，而且不掺杂一点方言。"我的名字叫斯特凡诺。我想，我得恳求您的慈悲，这可能对您来说是一个不同寻常的请求，因为我是代表我母亲给您打的这个电话。"

"如果我有什么可以帮你的，我一定会竭尽全力。"

"我母亲想要见您。"

"发生什么事了吗？如果有机会拜访的话，我打算亲自去拜会一下你的母亲。"

"事情是这样的，警长，我母亲想最迟明天见到您。"

"我的天哪，卢帕雷洛先生，这些天我没有一刻闲着，你可以想象得出来。不过，你应该也没有闲着吧？"

"别担心，我们可以挤出十分钟。明天下午五点整，怎么样？"

※

"蒙塔巴诺，很抱歉让你久等了，但我……"

"在上厕所，你活得很自在呀！"

"说吧，你想干什么？"

"我想告诉你一件很严肃的事情，教皇刚刚从梵蒂冈打电话给我，真的很生你的气。"

"你说什么？！"

"他很愤怒，因为他是这个世界上唯一一个没有收到你的卢帕雷洛尸检报告的人。他感觉被忽视了，并且告诉我他打算把你逐出教会。你完蛋了。"

"蒙塔巴诺，你已经完全失去理智了。"

"你可以告诉我一些事情吗？我只是出于好奇。"

"当然可以！"

"你拍马屁是出于雄心抱负呢，还是癖好呢？"

"本性使然吧，我觉得。"

他回答时表现出的真诚令警长大吃一惊。

"听着，你检查卢帕雷洛穿的衣服了吗？发现什么没有？"

"我们发现了你所期望的东西：内衣和裤子上的精液

痕迹。"

"那车里呢？"

"正在检查。"

"谢谢，现在滚回你的厕所里吧。"

※

"警长吗？我是在省道上的一个电话亭给您打电话，就在废旧工厂附近。我按您说的做了。"

"给我说说吧，法齐奥。"

"您说的很对，卢帕雷洛的宝马车是从蒙特鲁萨开过来的，不是维加塔。"

"你确定？"

"维加塔一侧的海滩被水泥砖隔离，人不能通过，除非他坐飞机。"

"你查了他走的是哪条路吗？"

"查了，但是那太疯狂了。"

"为什么？说来听听！"

"因为即使从蒙特鲁萨到维加塔有几十条道路和一些避免被人发现的偏僻小路，但在某种程度上，要想到达牧场，卢帕雷洛的车必须得通过坎内托的干河床。"

"坎内托吗？但这无法通行啊！"

"嗯，我做到了，因此其他人也可以做到。它完全是干的。唯一的问题是，我的汽车悬架损毁了。因为您不想让我开队里的车，我不得不——"

"我来支付修理费。还有别的吗？"

"是的，当车子穿过河床走上沙地的时候，轮胎上会留下一条痕迹。如果我们立刻将这告诉亚科穆齐，我们就可以得知他们隐瞒了这事。"

"该死的亚科穆齐！"

"是的，警长，还有其他吩咐吗？"

"没有了，法齐奥，回总部吧，辛苦你了。"

5

蓬塔塞卡的小海滩是一条被白色山丘庇护着的紧凑的沙带，在那个时刻空无一人。当警长到达时，盖戈已靠在他的车上，抽着雪茄，等着他。

"下车吧，萨尔沃。"他对蒙塔巴诺说，"让我们尽情享受这美好的夜空。"

他们站在那里静静地抽着烟，没有说话。

过了一会儿，盖戈熄灭了烟，开始说话。"萨尔沃，我知道你想问我什么，我已经做好准备了，你可以问任何你想问的，甚至可以向我撒野。"

他们相视一笑。在拉普瑞米娜的时候，他俩就认识了。那是一个私立幼儿园，比盖戈大十五岁的姐姐玛丽安娜小姐是他们的老师。萨尔沃和盖戈对学习都没什么兴趣，在课上他们就像鹦鹉一样，只是一遍遍地重复老师的话。然而，有一段日子，玛丽安娜小姐对那些枯燥的叙述很不满意，因此她开始跳着内容问问题，也就是说，不会遵循提供信息的顺序。这下麻烦了，因为他们不得不去了解学习材料并掌握它们之间的逻辑关系。

"你姐姐最近怎么样？"蒙塔巴诺问。

"我带她去了巴塞罗那。那儿有一家专门的眼科诊所。他们说，他们可以创造奇迹，可以使她的右眼康复，至少可以恢复一部分视力。"

"当你见到她的时候，请替我送上我最真挚的祝愿。"

"但正如我所说的，我已经准备好了，所以你可以开始问你的问题了。"

"在牧场，有多少人为你工作？"

"算上妓女和各种苦工，一共二十八个。还有菲利波·迪·科兹摩和马努尔勒·洛·皮巴若，他们只是为了确保那里没有麻烦。你知道，很小的一件事就能把我搞死。"

"你必须时刻保持警惕。"

"是的，你能想到我所遇到过的麻烦事吗？比如，有人斗殴，有人被杀害，或者有人吸食毒品过量。"

"仍有人吸毒吗？"

"是的，大麻和可卡因最多。去问问街头的清洁工，看他们有没有看到注射器。去吧，去问问他们。"

"我相信你。"

"还有副手吉姆巴尔沃总是妨碍我的工作。他说，只要我不制造混乱，不给他造成很大的损失，就可以容忍我。"

"我认识吉姆巴尔沃，他不想让牧场倒闭，不然他也得失业。你给他的是月薪，还是固定分红？他能赚多少？"

盖戈笑了笑。

"想一下，如果你是副手，你就会明白。我还挺喜欢的，它给了我一个机会去帮助像你这样只能依靠薪水、像乞丐一样到处乱逛的可怜虫。"

"谢谢你的赞扬，现在给我讲讲那天晚上的事吧。"

"好吧，大概是在十点或十点半，那天晚上正在工作的米莉看见来自蒙特鲁萨海岸附近的车前灯朝牧场方向移动并且速度很快，她吓坏了。"

"谁是米莉？"

"她的真名是朱塞平娜·拉·沃尔佩，三十岁，出生于米斯特雷塔，是个聪明的女孩。"他从口袋里掏出一张叠着的纸片递给蒙塔巴诺，接着说道，"在这上面，我已经写出了所有人的真实名字，还有地址，万一你想亲自和他们谈话的话。"

"为什么你说米莉受到了惊吓呢？"

"因为在那个方向根本就没路可以行驶汽车，除非穿过坎内托，可这条路肯定会使你的车和你的屁股不停地打架。起初，她以为是吉姆巴尔沃发生了什么大事，被突击围捕或者什么的。随后，她意识到那并不是来抓捕人的，因为抓捕任不可能只开一辆车来。因此，她变得更害怕了，而且想着可能是蒙特罗索的男孩们，他们正在就薪水问题跟我抗争呢，他们试图夺走牧场，甚至可能会开枪。所以，她做好随时离开的准备，并一直盯着那辆车。她的客户开始抱怨，但是她有足够的时间去看，她看到那辆车正在转弯，直奔附近的灌木丛，在灌木丛中穿梭，然后停了下来。"

"你没有告诉我任何新的消息，盖戈。"

"那家伙干了米莉，然后让她下了车，再后来沿路返回，掉转车头，去往省道。米莉来回踱着步子，等着其他的营生。后来，卡门来到她刚刚待过的地方，一个专门的客户每周六和周日都会在同样的时间来看望她，并陪她待上几个小时。卡门的真实名字在我刚刚给你的那张纸上有。"

"也有她的地址吗？"

"是的，在客户关掉他的车灯前，卡门注意到宝马车里有两个人正在乱搞。"

"她准确地告诉过你她所看到的吗？"

"是的。虽然只有几秒，但是她看得很清楚。可能那车给她留下的印象比较深吧，因为在牧场很少看见那样的车。不管怎样，开车的是个女孩，哦，我忘记说了，米莉说就是开车的那个女孩转身爬到她旁边那个男人的膝盖上，用手在下面摸着，但是你看不到他们，然后她就开始一上一下的。你是不会忘记人们怎么做爱的，对吧？"

"我不这么认为，但是我们可以查一下。当你说完你要告诉我的话，脱下你的裤子，把你漂亮的手放在生殖器上，抬屁股向上捅。如果我忘了什么，你可以提醒我，接着说吧，别浪费我的时间。"

"他们做完后，那个女的打开车门，走了出来，拉上她的裙子，并关上车门。那个男的没有开车离开而是把头靠在后面，一动不动。女的从卡门的车旁边经过，就在这时，一辆车的车前灯刚好照到她。她是一个漂亮的女人，金发，穿着很好，左手拎着一个肩包。之后，她朝废旧工厂的方向走去。"

"还有别的吗？"

"有，马努尔勒，那时正在他的车里检查机器，看到她离开牧场，走向省道。她没看他，就像没看牧场一样，可由于她的那身打扮，马努尔勒扭过头去看她，他看见一辆车开了过去，把她接走了。"

"等一下，盖戈！马努尔勒有没有看见她站在那儿，伸出拇指，等着有人来接她？"

"萨尔沃，你信吗？你天生就是一名警察。"

"为什么这样说？"

"因为就是这一点使得马努尔勒不相信，换句话说，他没有看见那个小婊子做出任何手势，但车就停下了。这还不是全部，虽然汽车还在快速行驶，但是马努尔勒有印象，当司机踩住刹车让她上车的时候，车门已经打开了。但是马努尔勒没想着去记车牌号，因为他觉得没理由那样做。"

"好吧。你能给我描述一下宝马车里的卢帕雷洛吗？"

"我知道的并不多。他戴着眼镜，乱搞时也不把夹克脱掉，即使车里热得像地狱。但是，米莉讲述的和卡门讲述的有一点不一样。米莉说，当车到的时候，那个男的看起来好像系了条领带或者脖子上围了条黑色的领巾；而卡门坚持认为，当她看到他的时候，他的衬衣扣子开着，仅此而已。但那些对我来说都是无关紧要的细节，因为当卢帕雷洛开始做爱的时候可能会摘掉领带，或许是因为领带妨碍到他了。"

"是他的领带而不是他的夹克？但那并非不重要啊，盖戈，在他的车里没有发现领带或领巾。"

"这并不能说明什么，或许那女人下车的时候把它丢在沙子里了。"

"亚科穆齐搜遍了整个地方，没有找到任何东西。"

他们沉默地站在那里，若有所思。

"或许对米莉所看到的有另外一种解释，"盖戈突然说道，"或许根本就不是领带或领巾的问题。或许这男的系着的一直是条安全带，毕竟他是沿着坎内托的河床行驶，那里有很多石头和粘沙。当女孩爬到他腿上的时候他解开了安全带，因为这个安全带肯定妨碍了他。"

"或许吧。"

"我已经告诉了你我所查明的一切。萨尔沃，我告诉你是依据我自己的利益。因为像卢帕雷洛这样的'大奶酪'来到牧场、死在牧场，这对生意是很不利的。现在每个人都盯着它呢，你越快完成你的调查越好。等过几天人们忘了这事，我们就可以回去安静地工作了。我现在可以走了吗？现在可是牧场的高峰期。"

"等一下，你对整件事情有什么看法？"

"我吗？你才是警察啊！但为了使你高兴，我会说这件事让我感到恶心。假设那个女人是个高级妓女，还是个外国货。你是要告诉我卢帕雷洛没有可带她去的地方吗？"

"盖戈，你知道性变态是什么吗？"

"你在问我吗？我跟你说件事情，它会让你恶心得吐到我的鞋上。我知道你要说什么，你想说他们来牧场是因为他们认为在这儿做爱会更刺激。有时候真的会那样。你知道那晚有个法官和他的保镖们来到这儿吗？"

"真的吗？那法官是谁啊？"

"科森蒂诺，看，我甚至可以告诉你他的名字。在他被开除之前的那个晚上，他坐着护送车来到牧场，载着一个有异性装扮癖的人，和他做爱。"

"他的保镖们呢？做了什么？"

"他们去海滩上漫步。回到正题，科森蒂诺知道他是一个公众人物，就是小娱乐一下。但是卢帕雷诺的兴趣是什么呢？他不是那种人啊。每个人都知道他喜欢女的。他总是很小心地不让任何人看到他。那个让他不惜一切代价只为和她发生关系的女人在哪儿呢？我不信，萨尔沃。"

"继续说。"

"另一方面，如果我们假设那个女人不是妓女，虽然我并不知道。很明显，他们在牧场会被人看到的，并且可以肯定是那女人开的车。除了没有人相信妓女会开那样的车这个事实之外，她肯定是什么地方打击了这个男的，使他心里害怕。首先，她开车去了坎内托，这是没问题的。之后，当卢帕雷洛死在她大腿之间的时候，她像什么事都没发生一样起来了，并且关上车门离去了。你觉得这正常吗？"

"不正常。"这时候他冷笑了一下，晃了晃他的打火机。

"你干什么呢？"蒙塔巴诺问道。

"过来，来这边，同性恋，脸朝向光。"

警长服从了，盖戈用火光照着他的眼睛，然后他熄灭了火机。

"我知道了，一直以来，你，一个法律之人，和我这样的罪犯想的完全一样。你只想知道他们是否吻合。嗯，萨尔沃？"

"你猜对了。"

"猜你我几乎没错过。现在你走吧，再见。"

"谢谢。"蒙塔巴诺说。

警长先行离开，但片刻之后，他的一个朋友慢速下来，靠近他车旁，示意让他也放慢速度。

"你想干什么？"

"我也不清楚。在这之前我想先问你，今天下午你和费拉拉下士手拉手，你对此怎么解释？"

然后，他踩了一脚油门，把警长远远地甩在了后面，挥挥手离开了。

※

回到家，蒙塔巴诺记下盖戈提供的一些细节，但很快他就困了。他看了下手表，刚过凌晨一点，就去睡觉了。断断续续的门铃声吵醒了他。他看了下表，凌晨两点十五分。他努力地站起身来，刚才的睡眠让他的反应变慢。

"这个点了，是谁来了啊？"

他朝门口走去，只穿了一条内裤，然后打开门。

"嗨！"安娜说。

他完全忘记了，安娜说过会在这个点来看他。她看着他。

"你穿得真得体。"她说完之后走了进来。

"说吧，你要告诉我什么，说完后回家去，我累死了。"

蒙塔巴诺在这个点被打扰真的很恼火。他走进卧室穿上裤子和衬衣，回到客厅。安娜不在客厅，她已经去了厨房，打开了冰箱，嘴里塞满了火腿和面包。

"我真不明白，我为什么这么饿。"

"你可以边吃边说。"蒙塔巴诺把咖啡壶放在炉子上。

"这个点了，你要泡咖啡？你一会儿不睡了吗？"

"安娜，求你了。"他已经不能再保持礼貌。

"好吧。今天下午我们分开后，我从一个同事那里得知，他的一个线人告诉他，从昨天开始，也就是星期二上午，一些家伙向所有的珠宝商、被盗物品接收商、合法和不合法的典当商发出警告，如果有人来买或者典当某件珠宝，一定要让他们知道。他们说的珠宝是一条项链，它的链子是纯金的，并带有一个心形的钻石吊坠。这东西你在廉价商铺里也能看到，只可惜那些都不是真的。"

"那他们如何让他知道呢？打电话吗？"

"说正经的。他给他们每个人都说了不同的暗号，具体什么暗号我不清楚，类似在窗户上放一块绿布或者在前门挂一张报纸这样的方式。他很狡猾，这样他既能收到信息又不会被发现。"

"好吧。但是，我觉得……"

"让我说完，从他说话的行为和方式来看，他接触的人对他的命令都是坚决服从的。随后我们发现，同时还有一些人在该省的所有城镇进行巡逻，维加塔也在内。因此，不论谁丢了那条项链都想找到它。"

"没错。为什么你觉得我会对这件事感兴趣呢？"

"因为这个人告诉蒙特鲁萨的某一接收者，项链可能丢在牧场了，时间是星期日晚上或星期一早上。现在，你还有兴趣吗？"

"有点儿吧。"

"我知道这可能只是一个巧合，和卢帕雷洛的死没有任何关系。"

"不管怎样，还是要谢谢你，快回家吧，现在已经很晚了。"

咖啡已经热了，蒙塔巴诺给自己倒了一杯咖啡。安娜自然地抓住了这个机会。

"没我的吗？"

凭着一个圣人才有的耐心，警长又倒了一杯咖啡递给她。他喜欢安娜，但是安娜不明白他已经在和另一个女人交往了吗？

"不！"安娜突然说道，并随手放下咖啡。

"不？"

"我不想回家，你就这么介意我和你待在一起吗？"

"是的，我介意。"

"但是为什么呀？"

"因为我和你爸爸是非常好的朋友，我不能做对不起他的事。"

"你胡说！"

"或许是我胡说，但事实就是这样啊。你似乎已经忘记我已经在恋爱了，和别的女人。"

"她不在这儿啊。"

"她是不在这儿，但好像她就在这儿。别傻了！不要说傻话了！你太不幸了，安娜，你面对的是一个诚实的人。我很抱歉，请原谅我。"

※

他辗转难眠，安娜的警告似乎是对的，咖啡会让他失眠。但是有些事还在困扰着他。如果项链确实是在牧场丢的，盖戈就一定会说的啊，可是他却小心翼翼地不提这件事。这肯定不是因为它也是一个无关紧要的细节。

6

早上五点半，在经历了一夜不断地起床和再上床睡觉的波折后，蒙塔巴诺为盖戈定了一个计划。这个计划将会间接补偿他对丢失的项链的沉默以及那天下午他开的关于拜访牧场的玩笑。他好好洗了个澡，连喝了三杯咖啡，然后去开车。他到达了拉巴托，这是蒙特鲁萨最古老的地方，三十年前被滑坡毁坏，现在主要由一些翻修的建筑以及从突尼斯、摩洛哥来的非法移民居住的破损而摇摇欲坠的茅舍所组成。他通过狭窄、曲折的小巷去往圣十字教堂。它位于佛罗伦萨圣十字广场，坐落在整个废墟之中。他从口袋里取出一张之前盖戈给他的纸片：卡门，真名是法蒂玛·本·加柳德，突尼斯人，住在 48 号，它是一间悲催得像猫池一般的住所，一个位于最底层的小房间，木门上有一个很小的窗户用以空气流通。他敲了敲门，没有人回答。

他又使劲地敲了敲门，这时一个疲倦的声音问道："谁啊？"

"警察。"蒙塔巴诺回应道。他决定趁她突然被叫醒还迷迷糊糊的时候粗鲁地抓住她。当然了，法蒂玛因为工作的原因睡得肯定比他少。门被打开了，她披着一条沙滩浴巾，一只手举在胸前。

"你想干什么？"

"和你谈谈。"

她站在一旁，在狭小的房间里有一张双人床，有一半还没有完工，还有一张小桌子、两把椅子和一个小的煤气炉，一个塑料帘子把厕所和洗漱池以及房间的其余部分隔离开来，一切都那么干净、有序，但是女人身上的气味以及她身上的廉价香水味充斥着整个房间，让人难以呼吸。

"出示一下你的居住证。"

似乎是害怕，当她把手伸到她的脸上去挡她眼睛的时候，她的浴巾掉落了，长腿，细腰，平坦的小腹，一个真正的女人所拥有的坚挺结实的胸部，总而言之，这身材就像电视剧里的模特身材一样。过了一两分钟后，他从她泰然处之的神态中看出这并不是出于恐惧，而是试图实现男人和女人之间最明显、最常见的调解。

"穿上衣服。"

一条悬挂着的金属线从房间的一个角落到另一个角落。法蒂玛走过去，宽宽的肩部，完美的背部，又小又圆的臀部。

看着那样的身材，蒙塔巴诺想：我打赌她绝对被干过。

他想象着那些办公室里小心翼翼地排队等待的男人们，法蒂玛会赚足封闭的门后面的官员们的意淫。因为他已经几次读出，这是最自我放纵中的一种放纵。法蒂玛在她的裸体上穿上了一件轻薄的棉裙，仍旧站在蒙塔巴诺面前。

"你的证件呢？"

这女的摇摇头，开始默默地哭泣。

"别害怕！"警长说道。

"我不害怕，我只是太不幸运了。"

"为什么？"

"因为再等几天我就不在这儿了。"

"你想去哪儿？"

"去找一个来自费拉的男人，他喜欢我，我也喜欢他。他说他将会在周日娶我，我相信他。"

"这个男的每周六和周日都会来看你吗？"

法蒂玛惊奇地睁大眼睛。

"你怎么知道？"

她又开始哭泣。

"但是现在一切都结束了。"

"给我说说吧，是盖戈让你跟来自费拉的那个男人走的吗？"

"这个男的与盖戈签约了。"

"你听着，法蒂玛，假装我从来没有来找过你，我只问你一件事情，如果你如实地回答我，我就会转身从这儿出去，你也就可以继续睡觉。"

"你想知道什么？"

"他们是不是问你，你在牧场看到了什么？"

这个女人眼前一亮。

"哦，是的，菲利波先生来过这儿，盖戈先生跟我们说，如果我们找到一个带有心形钻石吊坠的金链子，就直接给他，如果没有找到，就再好好找找。"

"这条项链找到了没？"

"没找到，今天晚上所有的女孩儿都还在找。"

"谢谢你。"蒙塔巴诺说。他朝门口走去，到门口停下来扭头又看着法蒂玛说道："祝你好运！"

所以盖戈失败了，他小心翼翼不向蒙塔巴诺提及的事情，警长自己却设法查明了。从刚才法蒂玛告诉他的话中，他得出了一个合乎逻辑的推论。

※

当他到达总部的时候，天刚破晓。站岗警卫关切地问他："怎么了，警长？"

"没事，我只是醒早了。"他宽慰警卫道。

他买了两份西西里的报纸，坐下来看报。第一份里有着大量细节性的消息，写的是，卢帕雷洛的葬礼将会在第二天举行。庄严的仪式将在大教堂里进行，由主教亲自主持。由于预计会有许多重要人物来表达他们的悼念，送上他们最后的尊重，到时将采取特别的安全措施。最后核实的结果是，来宾包括两个政府部长、四个副部长、十八个从参议员和代表团中选出的议会成员，以及众多的区域代表。因此，城市警察、宪兵、海岸警卫队代表和交通警察都将被召集来参与行动，更不用说个人保镖和其他私人护卫，报纸对此并未提及。他们是由与法律和秩序有某种联系的人组成的，但从另一方面看他们又凌驾于法律之上。第二张报纸或多或少地重复了同样的事情，然而它补充道，棺材已经放置在卢帕雷洛豪宅的中庭，人们排着长长的队伍等待着去表达他们对死者生前尽职尽责、公正执法的感谢之情。

同时，法齐奥也来了。蒙塔巴诺与他谈了很多关于目前正在进行的一些调查。没有来自蒙特鲁萨的电话。很快，到了中午，警长打开了一个内装两个垃圾清洁工发现尸体的证词的文件。他抄下了他们的地址，向法齐奥和其他警员告别，并告诉他们下午会给出一个答复。

如果盖戈的人已经跟妓女讨论了项链，那么他一定也对垃圾清洁工说了一些事情。

※

葛维·特伦斯28号是一栋三层楼的建筑。前门有对讲机。一个成熟的女人声音应门了。

"我是皮诺的朋友。"

"我儿子不在家。"

"他还没有下班吗？"

"他下班了，但是又去了别的地方。"

"夫人，可以让我进去吗？我只是想给他一封信，您在几楼啊？"

"顶楼。"

虽然贫穷但不寒酸：两个房间、吃饭的厨房、浴室。人一进去就能计算出房屋的面积。皮诺的母亲，五十岁的样子，打扮得很端庄，让他进来了。

"皮诺的房间在这儿。"

小小的房间里堆满了书和杂志，窗边一张小桌子上堆满了纸。

"皮诺去哪儿了？"

"去拉科达利了，他正在给马尔托里奥戏剧的一部分试音，这一部分是关于圣·约翰被砍头的故事。你知道，皮诺是真的喜欢戏剧。"

蒙塔巴诺走近这张小桌子，上面似乎是皮诺正在写的一部剧。在一张纸上，他列了一组对话，但是当蒙塔巴诺读到其中一个名字时，某种震惊感立刻充斥了他的全身。

"夫人，可以给我一杯水吗？"

这位夫人一离开，他就把这张纸折叠好放进了他的口袋。

"信呢？"皮诺的妈妈回到这个屋子递给他水杯的时候提醒他。

蒙塔巴诺演绎了一出完美的滑稽剧，如果皮诺在场的话，他肯定会特别欣赏。蒙塔巴诺先在裤子口袋里摸索了一番，然后迅速搜遍了整个夹克，接着他又表现得非常吃惊，最后他啪啪地拍着自己前额。

"真蠢，我把信忘在办公室里了。夫人，给我五分钟，我马上回来。"

他溜进车里，取出刚刚偷的那张纸，读到的东西使他的心情很沉闷。他重新发动车子离开了。林肯路102号。萨罗在他的证词中甚至把他的公寓号都说得很详细。通过一些简单的算术，警长计算出垃圾清洁工一定住在六楼。进入大楼的前门是开着的，但电梯是坏的。他不得不爬了六层楼梯，但是，使他满意的是，他猜对了，一个锃亮的小匾上写着巴尔达萨雷·蒙塔波托。一个瘦小的女人手里抱着孩子看着他，眼神充满担忧。

"这里是萨罗家吗？"

"他去药店给孩子买药了，但是很快就回来。"

"他生病啦？"

女人没有回应他，她把孩子的胳膊轻轻拉伸出来让他看。这个小家伙生病了：吞着口水，双颊瘦削，用大大的类似成年人的眼睛愤怒地盯着他。蒙塔巴诺感到难受，他不能忍受看见孩子受苦。

"孩子怎么了？"

"医生也诊断不出来。先生，您是哪位啊？"

"我是维尔杜佐，在斯派拉德当会计。"

"请进。"女人这下放心了。房间里很乱，本来应该很干净的，但是萨罗的妻子忙于照顾孩子，没时间打扫房间。

"你找萨罗有什么事吗？"

"我觉得我犯了个错误，他的最后一次工资给他少算了。我想看一下存根。"

"如果只是这件事，"女人说道，"你没必要等萨罗回来，我可以把存根拿给你看，来！"

蒙塔巴诺跟随着她，琢磨着另一个等她丈夫回来的理由。卧室里有一股难闻的气味，像是腐烂的牛奶味儿，女人试着去打开一个衣柜最上面的抽屉，但是她没打开，因为她只有一只手空闲，另一只手抱着孩子。

"如果你愿意的话，我可以帮你。"蒙塔巴诺说道。

女人站到一边，警长打开抽屉，看到里面装满了纸、钞票、处方、收据。

"存根在哪里？"

就在那时，萨罗走进了卧室，他们没有听到他进来，通向公寓的前门刚才没关上，他一看到蒙塔巴诺在抽屉里翻查，就认为警长在他家搜寻那条项链。他脸色发白，浑身颤抖，呆呆地靠在门窗上。

"你在干什么？"他几乎话都说不顺畅。

被丈夫明显可怕的表情吓到，女人在蒙塔巴诺有机会说话之前开口了。

"他叫维尔杜佐，只是个会计。"女人几乎是喊出来的。

"维尔杜佐？他是蒙塔巴诺警长。"

女人踉跄了一下，蒙塔巴诺赶快过去扶住她，生怕她和孩子一起摔倒。他把她扶到床边坐下，然后开始讲话。从他嘴里吐出的话几乎不受大脑的干预，这种感觉他之前有过。有想象力的记者把它称之为"瞬间的灵感"，现在这种灵感在我们警长的脑海中闪现。

"你把项链放哪儿了？"他说。

萨罗走上前去，僵硬地挣扎着，以使已经发软的双腿站直。他走到床头柜那里，打开抽屉，拉出一个裹着报纸的包裹，然后把它扔在床上。蒙塔巴诺把它捡起来，走进厨房，坐下来，打开包裹。这条项链粗糙中带着精致，它的做工和构思比较粗糙，但是它的工艺和镶嵌其中的钻石切割得非常精致。萨罗也跟着他走进厨房。

"你是什么时候找到它的？"

"星期一早上早些时候，在牧场。"

"你告诉别人了吗？"

"没有，长官。我只告诉了我妻子。"

"有人来问过你见过一条这样的项链吗？"

"有，警长。菲利波·迪·科兹摩来问过，他是盖戈·古洛塔的一个手下。"

"你跟他怎么说的？"

"我说我什么也没发现。"

"他相信你说的话了吗？"

"相信了，警长。我是这么认为的。然后他说，如果我看见了，就立刻交给他，不能拖延，因为这是一个非常重要的东西。"

"他给你承诺过什么吗？"

"是的，警长。他说，如果我找到却据为己有，我就会受到致命的打击；如果我找到了并交给他，他就会给我五万里拉。"

"你打算怎么处理这条项链？"

"我想把它典当掉，我和塔娜这样决定的。"

"你不打算卖掉它吗？"

"不，警长。它不属于我们。我们就把它当作别人借给我们的东西，我们不想从中牟取暴利。"

"我们都是老实人。"他的妻子进来，擦着眼睛说。

"你们要钱干什么？"

"我们想用这笔钱给儿子治病，我们想带孩子远离这儿，去罗马、米兰或者有医生能治疗这个病的任何地方。"

他们沉默了一会儿。然后，蒙塔巴诺向这个女的要两张纸。女人从他们经常用于记账的笔记本上撕下两张纸。警长将其中一张纸递给萨罗，并说："给我画一下你找到这条项链的具体位置。你是一个土地测量师，不是吗？"

当萨罗在一张纸上画着的时候，蒙塔巴诺在另一张纸上写道：

> 我，签署人，萨尔沃·蒙塔巴诺，维加塔（蒙特鲁萨省）警察局的警长，在此声明，今天从巴尔达萨雷（萨罗）·蒙塔波托先生这里收到一条带有心形钻石吊坠的纯金项链。这条项链是由蒙塔波托先生作为"生态代理人"于工作期间在"牧场"附近发现的。

看了一下，他在上面签了字，又停顿思考了一会儿，然后他决定再写下："维加塔，一九九三年九月九日。"同时，萨罗也画完了。他们交换了纸张。

"很完美。"警长一边看着这张图纸，一边说道。

"这儿，这个日期错了。"萨罗提醒道，"九日是星期一，今天是十一日。"

"不，没错。你把这条项链带到我办公室和你发现它是在同一天。当你走进警察局告诉我你发现卢帕雷洛死的时候，你已经把项链放在你口袋里了。但是你没有把项链交给我直到刚才，因为你不想让和你一起的同事看到，对吗？如果你明白的话，保管好这份声明。"

"您现在要做什么？逮捕他吗？"女人问道。

"为什么？他做了什么吗？"蒙塔巴诺说着，站起身来。

7

　　蒙塔巴诺在圣卡罗杰诺餐馆很受欢迎，不仅因为他是一名警长，更因为他是一位很有鉴赏力的食客。今天，他尝到了一些新鲜的、被油炸过并放在吸水纸上沥干的酥脆的带有条纹的鲻鱼，这是当地人送给他的。他喝了一杯咖啡，又去东部码头漫步，之后回到办公室。法齐奥一看到他，就从办公椅上站了起来。

　　"有人在等您，警长。"

　　"谁？"

　　"皮诺。还记得吗？发现卢帕雷洛尸体的两个清洁工之一。"

　　"快让他进来。"

　　他很快便注意到，这个年轻人面容凝重，十分紧张。

　　"请坐。"

皮诺半个屁股坐在椅子的边缘。

"您能告诉我，您为什么要以那样的方式去我家吗？"

"我没有什么可隐瞒的，我只是怕吓到你母亲。如果我告诉她我是警长，她可能会心脏病发作。"

"原来如此，谢谢！"

"你怎么知道我在找你？"

"我打电话给我母亲，问她现在的身体状况。当我快结束通话时，她说她头痛。她还告诉我一个男人来过，说要给我一封信但忘记带了。她说，他要回去取那封信，但之后再也没回来。我很好奇，让她描述一下来人的模样。听完她的描述，我便猜到那人就是您。您若想伪装，也应该把您左眼下的痣盖住吧？言归正传，您找我干什么？"

"我有一个问题。有没有人来牧场问你是否找到一条项链？"

"有，这个人您知道，是菲利波·迪·科兹摩。"

"那你说了什么？"

"我告诉他我没看见，这是事实。"

"他说了什么？"

"他说，如果我看到了，那对我来说就太好了，他会给我五万里拉，但如果我找到了而没有交给他，那事情就糟了。他对萨罗也说了同样的话，但萨罗也没有找到它。"

"你在来这儿之前回过家吗？"

"没有，警长，我是直接来这儿的。"

"你写剧本吗？"

"不写，但我喜欢时不时地演戏。"

"那么，这是什么？"

蒙塔巴诺把从皮诺的小桌子上拿来的几页纸递给他。皮诺看了看，感觉没什么印象，笑了笑。

"不，这不是一出戏剧，这是……"

他沉默了，不知所措。他这时才发现，如果这些不是戏剧对话的话，他得解释清楚它们到底是什么，这很不容易。

"让我来告诉你，"蒙塔巴诺说，"这是你在发现卢帕雷洛尸体后，与里佐律师的通话内容之一，你来这儿报案前，已经和他通过电话了，对吗？"

"是的，警长。"

"谁打的电话？"

"我打的，但当时萨罗就在我旁边听着。"

"你为什么要这样做？"

"因为卢帕雷洛是个大人物，所以我认为应该立刻通知里佐，事实上，我第一个想起来的人不是他，而是库斯玛诺。"

"那你为什么没给库斯玛诺打电话？"

"因为卢帕雷洛死了，对于库斯玛诺来说，那就相当于一场地震发生，不仅他的房子毁了，压箱底的钱也没了！"

"为什么给里佐打电话？给我一个更好的解释。"

"因为我们认为还需要做点事情。"

"比如？"

皮诺欲言又止，最终没有回答。

"是不是可以这样说呢？刚刚你说，可能还需要做点事情，是把车从牧场开走，让人们在其他地方发现这个尸体吗？你认为这是里佐让你做的事情吗？"

"是。"

"你也愿意这样做？"

"当然，这就是为什么我们给他打电话。"

"你这样做的意图是什么？"

"我们期望他给我们找份其他的工作，或者在竞争测量员这一岗位时使我们更有竞争力，警长，您应该比我更清楚，高层人士的提携会使一个人的'钱途'变得多么美好！"

"现在，解释最重要的问题：你为什么要写这个戏剧对话？你想要给他发恐吓信吗？"

"怎么恐吓？用文字吗？文字简直就如空气一样，微不足道。"

"那你为什么要这样做？"

"好吧，信不信由你，我之所以写下这个对话，是因为我想研究它，作为喜剧演员，台词都说错了，这样是不好的，仅此而已。"

"不懂。"

"假设我写下来的东西要演出来，搬上荧屏，我演的是皮诺。一天早上，我给里佐打电话，告诉他我发现他的老板死了，他是这个老板的秘书、忠实的朋友、政治亲信，他们之间不止兄弟情，但里佐这个人办事十分沉着冷静，听到这个噩耗时，不会表现出很伤心的样子，不会问我们在哪里发现卢帕雷洛的尸体的，他是怎么死的，他是否是被枪杀的，他是否死于一场汽车事故。他什么也不问，除了问我们为什么我们要告诉他这个噩耗。懂了吗？"

"不懂，继续。"

"也就是说，他一点儿也不惊讶。事实上，他力图将自己与死去的人保持距离，就像对待点头之交一样，并且他立即吩咐我们做我们该做的事情，就是报警，然后他挂断了电话。警长，这只是戏剧，戏剧都是虚构的，观众看后会哈哈大笑，用于恐吓，不至于。"

蒙塔巴诺让皮诺离开了，留下了这几张纸。当这个垃圾工离开后，他又读了一遍。

"这确实能起到恐吓的作用，而且恐吓的作用还不小。如果这个虚构的戏剧结局很真实，那么里佐在接到电话前就已经知道卢帕雷洛在哪儿死了，怎么死的，并急切希望尸体尽快被发现。"

※

亚科穆齐吃惊地看着蒙塔巴诺。警长站在他面前，打扮得非常帅气：深蓝色的西装、白衬衫、深红色的领带以及闪闪发光的黑鞋子。

"天啊！去参加你的婚礼吗？"

"卢帕雷洛的汽车检查得怎么样了？发现了什么吗？"

"没什么重大发现，但是——"

"车辆减震的悬架损坏了。"

"你怎么知道？"

"一只小鸟告诉我的。听，亚科穆齐！"

他把项链从口袋里拉出来，把它扔到桌子上。亚科穆齐拿起来，仔细看着，做了一个惊喜的手势。

"但这是真货！它价值数千万里拉！是偷来的吗？"

"不，有人在牧场的地上发现的并把它交给了我。"

"在牧场？什么样的妓女能买得起这样的珠宝？你一定在开玩笑！"

"我想让你检查它，可以拍照，反正就是施展平日里的各种伎俩进行检查，然后尽快给我结果。"

电话响了。亚科穆齐接了电话，然后把电话给了他的同事。

"谁啊？"

"我是法齐奥，警长。立即回城，情形如恶魔般四散蔓延！"

"怎么回事？"

"一个叫孔蒂诺的校长在向人们开枪！"

"什么？开枪？"

"开枪！开枪！他对着他公寓楼下一个在咖啡馆喝咖啡的人开了两枪，还大喊着一些话，没人能听懂他到底在喊什么。我来到他的前门，想看看到底发生了什么，可他又向我开了一枪。"

"他杀人了吗？"

"没有，一个叫德弗朗切斯科的手臂擦伤了。"

"好，我马上过去。"

※

当他以惊人的速度开往六英里外的维加塔镇时，蒙塔巴诺想起了孔蒂诺这一校长。他不仅认识这个校长，而且他们之间还有一个秘密。六个月前，警长一直坚持散步，通常每周沿着东部码头散步到灯塔两三次。然而，出发之前，他总是在一家名叫安塞尔莫·格列柯的商店前停下来，这是一个简陋的小店，与科尔索大街路边的服装精品店和明亮的咖啡馆形成鲜明对比。这里摆设的是些陈旧的东西（可以追溯到十九世纪），如兵马俑玩具、生锈的砝码等，安塞尔莫·格列柯小店还卖一种小零食，是一种将烤鹰嘴豆和咸南瓜子混合在一起做成的。蒙塔巴诺会买一个纸筒这种小零食，然后离开。那一天，他正要返回，在灯塔下刚一转身，就看到一个老人坐在一处混凝土防洪堤上，低着头不动。蒙塔巴诺更仔细地观察他，看他手中有没有握着一条钓鱼线，结果发现他没有钓鱼，他什么也没干。突然，他站了起来，迅速做了个十字架的手势，踮起脚尖，保持平衡。

"不要动！"蒙塔巴诺大喊。

这个人惊住了，他一直以为是自己独自一人。蒙塔巴诺接近他，抓着他的夹克翻领，把他整个人拖到安全的地方。

"你想做什么，自杀吗？"

"是。"

"为什么？"

"因为我的妻子背叛了我。"

这是蒙塔巴诺最不期望听到的话。这个男人应该已经八十岁多岁了。

"您的妻子多大年纪？"

"八十岁吧。我八十二。"

这是在荒谬的情况下开展的一段荒谬的对话，警长不想再继续了。他把这个人的胳膊搭在自己的肩膀上，强拖着他走回镇里。这时，这个人开始介绍自己，这使一切变得更迷乱。

"我叫孔蒂诺，过去教小学。你是谁？当然，如果你不想说就算了。"

"我叫蒙塔巴诺，是维加塔镇的警长。"

"真的吗？那你来得真是时候。你可以亲自告诉我那淫荡的妻子，这几天最好藏好了，停止与德弗朗切斯科或其他人通奸，别再给我戴绿帽子，否则我就要做疯狂的事情了。"

"这个德弗朗切斯科是谁？"

"他过去是个邮递员，比我年轻，七十六岁，而且他的养老金是我的一倍半。"

"你说的是事实还是你的怀疑？"

"我敢肯定这绝对是真的。每天下午，无论上帝给我们的是晴天还是雨天，这个德弗朗切斯科都会来这里，在我家旁边的一个咖啡馆喝咖啡。"

"所以呢？"

"你多长时间喝一杯咖啡？"

一分钟后，蒙塔巴诺陪同这个近乎疯狂的老校长离开。

"那得看情况。如果我站着喝——"

"这和喝咖啡有什么关系？那你坐着喝呢？"

"这取决于我是否有约，是否必须等待，或者是否只想消磨时间。"

"不，我的朋友，坐在那里的那个人只是为了向我妻子抛媚眼，而我妻子也用眼神回复他，他们从来没有放过任何这样的机会。"

他们回到了镇里。

"你住在哪里，孔蒂诺先生？"

"在科尔索大街的尽头，但丁广场。"

"我们绕小街走吧，我认为这样更好。"蒙塔巴诺不希望这个摇摇晃晃、浑身充满酒味的老人引起人们的好奇。

"要和我一起去楼上吗？想喝杯咖啡吗？"他从口袋里取出前门钥匙时问警长。

"不用了，谢谢。你好好擦干身体，再换身衣服。"

当天晚上，他去和德弗朗切斯科谈话。德弗朗切斯科是个身材矮小、令人讨厌的老头。听到警长的建议时，他大叫起来。

"我有权在我喜欢的任何时间、地点喝咖啡！什么？难道坐在动脉硬化的孔蒂诺家附近的咖啡馆喝咖啡违法？警长，你真令我惊讶！你代表的应该是法律，而你来这里却告诉我这些！"

※

"结束了，大家都散了吧！"市政警察让好奇的旁观者们从但丁广场前门离开。法齐奥站在公寓入口处，艰难地举着武器。房间里十分整洁、干净。孔蒂诺躺在扶手椅里，他的心脏处有个小血迹。地板上有支左轮手枪放在扶手椅旁边，这是一支古老的史密斯威森牌左轮手枪，至少可追溯到电影《野牛比尔》那个年代，但不幸的是，这支手枪仍能使用。他的妻子躺在床上，她的心脏处也有一块血迹，她的手紧紧地握着念珠。在同意让她的丈夫杀死她之前，她一定在祈祷。蒙塔巴诺又一次想起了局长说过的话，这次他的想法是对的：在这里，死亡确实发现了它的尊严。

※

蒙塔巴诺非常紧张，板着一副面孔。他向法齐奥下令，让他留在那里等待法官到来。除了突然感到忧郁之外，他还感受到了一丝懊悔：如果他更理智地处理了孔蒂诺事件，如果他即时通知了孔蒂诺的朋友和医生……

※

他沿着码头和东部防洪堤走了很长一段路，这是他最喜欢做的事情。他糟糕的心情稍稍得到缓解，之后他回到办公室。这时，他发现法齐奥在自己旁边。

"怎么啦？发生了什么？法官还没来吗？"

"不，他来了，他们已经把尸体带走了。"

"有什么问题吗？"

"问题是，镇上一半的人目击孔蒂诺开枪，一些混蛋此时开始行动，彻底扫劫了两个公寓。我已经派了四个人过去。我在等您出现，这样我就可以加入他们。"

"好，你去吧，我一会儿过去。"

他决定是时候亮出绝招了，他计的圈套不会失败。他拿起电话。

"亚科穆齐吗？"

"上帝保佑，什么事呀？有什么紧急情况吗？有关你的项链，我还没有任何发现，你给我的时间太紧了。"

"我知道你还什么都不能告诉我，我料到了。"

"那么，你想要干什么？"

"我想建议你完全保密。这条项链背后的故事不像它表面那么简单，它可能会导致意想不到的事情发生。"

"你这是在侮辱我！如果你让我什么也不说，我就什么也不说，即使天塌下来！"

※

"卢帕雷洛先生吗？很抱歉今天我不能过去了。见面要泡汤了，但你一定要相信我。请代我向你母亲表达我的歉意。"

"等我一分钟，警长。"

蒙塔巴诺耐心地等待着。

"警长？妈妈说明天还是同一时间见，如果您有时间的话。"

　　他那时有时间，所以他定下了明天的见面。

8

他回到家，精疲力竭，打算直接上床睡觉，但他近乎
机械地打开了电视。维加塔镇电视台新闻主持人谈到了今
天发生的事件，即几个小时前在米莱塔郊区，小股黑手党
成员之间发生枪战，之后又说道卢帕雷洛（实际上是曾经）
所属党派的省级书记处人员在蒙特鲁萨召开了会议。这是
一个极不寻常的会议，一个本应在比现在稳定的时期举行
的、出于对死者的适当尊重并至少在死者死后三十天后举
行的会议，但事情就是这样，这种动荡的局面要求他们做
出快速、明晰的决定，所以一位新的省委书记获得全票通
过，成功当选：安吉洛·卡达蒙医生是蒙特鲁萨医院的首
席骨科医生，在党内一直与卢帕雷洛进行斗争，公正勇敢，
并总是公然对峙。新闻主持人继续谈到，这些观点的对立
可以被简化为以下的说法：工程师卢帕雷洛赞成维持四党

联合执政的局面，同时允许不受政治约束的原始新生力量进入（尚未证实）；骨科医生倾向于与左派展开对话，然而得保持谨慎、头脑清晰。新当选的书记不断收到道贺的电报、电话，甚至反对派也发来了贺电。卡达蒙在采访中颇为感动，但仍保持着坚定的神情，宣布他将尽最大努力，继续延续他前任神圣的功绩，并在最后说他会奉献"自己的勤奋与智慧"为现阶段这个革新中的政党服务。

"感谢上帝，他将会全心全意为党服务！"蒙塔巴诺警长情不自禁地喊道。因为，从外科专业角度来说，卡达蒙医生的医术比大地震造成跛行的人还要多。

新闻主持人接下来的话让警长的注意力保持高度集中。"为使卡达蒙在不失原则的前提下走自己的路，并保护最能代表其前任卢帕雷洛政治主张的人，书记处的成员恳求法律顾问彼得罗·里佐，即工程师的精神继承人，与新任书记一起工作。"

考虑到与意想不到的任命同期而至的繁重任务，经过一番令人可以理解的推托之后，里佐说服自己接受了这一任命。在接受维加塔镇电视台的采访中，里佐也深受感动，称他的良师益友留给他的格言总是这一句：去服务！如果要谨遵这一教诲，他别无选择，只有担起这一重责。

蒙塔巴诺很惊讶。这位新书记怎能忍气吞声，与他的政治劲敌、右派忠实者一起工作呢？然而，他并没有惊讶太长时间，因为他理性地想了想这件事，发现自己刚才太天真了。事实上，这一党派一直都是以其先天的妥协倾向而出名，为自己寻找中间路径。卡达蒙可能没有足够的影响力来独自面对各种问题，他需要更多的支持。

他换了频道。在自由频道，他听到了左派反对者尼科洛·齐托的声音。齐托在他们这些社论家中最有影响力，他解释，在西西里岛，尤其是蒙特鲁萨省，人们常说，即使暴风雪即将来临，事情也不会发生任何改变。他很机智地引用了萨利纳王子的著名言论：若想什么都不改变，就要改变一切。他还总结称，卢帕雷洛和卡达蒙是同一枚硬币的两面，制成硬币的合金不是别人，正是法律顾问里佐。

蒙塔巴诺向电话的方向冲过去，拨了自由频道号码，并要求齐托接电话。他和这位新闻记者惺惺相惜，几乎发展成友谊。

"我能为你做什么，警长？"

"我要见你。"

"亲爱的朋友，明天早上我要启程去巴勒莫，至少去一个星期。半小时后我过去见你，如何？给我准备点吃的，我饿了。"

"给你弄个放蒜和油的意大利面没有任何问题。"他打开冰箱：阿德莉娜已经准备好了一大盘煮虾，足够四个人吃。阿德莉娜是两个惯犯的母亲，他们中年轻的那个还在坐牢，是三年前蒙塔巴诺本人将他逮捕的。

※

去年七月，利维娅来到维加塔镇和他待了两个星期，当她听到这件事时，感到很害怕。

"你疯了吗？没准有一天，她会报复你，在你的汤里下毒！"

"报复什么？"

"因为你逮捕了她的儿子！"

"这是我的错吗？阿德莉娜很清楚，是她儿子愚蠢至极才被我抓住，这不是我的错。我公平行事，没有使用任何诡计或陷阱逮捕他。他是自己找上门的。"

"我不会改变你扭曲的想法，但你得把她给辞了。"

"但是，如果我把她辞了，那谁给我洗衣服、熨衣服、做饭？"

"你可以再找一个！"

"那你就错了。我再也找不到像阿德莉娜一样好的

91

女人了。"

※

他正打算把煮面条的水放在炉子上，突然，电话铃声响了起来。

"我想着在这个时候爬上楼叫醒你。"这算是自我介绍。

"我没睡觉。你是哪位？"

"我是里佐顾问。"

"啊，里佐顾问啊，祝贺！"

"为了什么？如果是为了我党授予我的荣誉，你应该好好安慰我。相信我，我接受这一任命只是出于对逝去的卢帕雷洛先生理念的誓死忠实。话说回来，我给你打电话的原因是，我要见你，警长。"

"现在？！"

"当然不是现在，但记住，无论如何，这件事可耽搁不得。"

"我们可以在明天上午见面，但明天不是要举行葬礼吗？您会很忙的，我想。"

"的确。我每个下午也都很忙，我要见一些非常重要的委托人，你知道的。当然，他们会逗留一段时间。"

"所以，什么时候呢？"

"其实，再想想，我觉得我们可以明天上午见面，但首要问题是，你通常什么时候到办公室？"

"大约八点。"

"八点可以，它只占用几分钟时间。"

"请仔细听，顾问，正因为您明天早上这么忙，您可以提前告诉我您想干什么吗？"

"在电话里说？"

"给个提示就行。"

"好吧。虽然我不知道现在流传的谣言真假几分，但我听说了这个谣言，谣言说在牧场的地上偶然发现的那个东西转交给了你，我接到指示要把它拿回。"

蒙塔巴诺用一只手盖住了听筒，像马嘶叫一样狂笑起来。他已经用项链当鱼饵成功地钓到了亚科穆齐，他设置的陷阱十分诱人，可以说，这次他钓到了他曾希望钓到的最大的一条鱼。但亚科穆齐是怎样想尽办法让每个人都知道他不应让任何人知道的事情的？发射激光？心灵感应？充满魔力的萨满教法术？蒙塔巴诺听到里佐在电话那端喊叫。

"喂？喂？我听不见你说话，怎么回事？你断线了吗？"

"没有，不好意思，我铅笔掉了，刚才在找铅笔。明天八点见。"

※

一听到门铃响，他就把面条下到水里，然后走向门口。

"晚饭吃什么？"齐托进屋时问。

"放蒜和油的意大利面，放油和柠檬的虾。"

"太棒了！"

"过来厨房，给我打个下手。而且，我的第一个问题是：你能念出'improcrastinable'吗？"

"你脑子进水了吗？你让我从蒙特鲁萨一路赶过来，就问我是否可以念出某个词？无所谓，我可以念，当然没问题。"

他试着念了三四次，每一次都更加努力，但每尝试一次，嘴就越难以张开，最后就不会念了。

"你必须非常灵巧，非常灵巧。"想到里佐，警长说。他指的不仅仅是律师随便念绕口令时的灵巧。

吃饭时，他们谈到了吃，就像往常一样。齐托回忆起十年前在菲亚卡吃过的极其美味的虾，开始批评现在吃的虾有些煮老了。他还认为，没有荷兰芹真是一件憾事。

"你是怎么在自由频道上整个变成英国人的？"当他

们正喝着蒙塔巴诺父亲从兰达佐附近买到的美味白葡萄酒时，蒙塔巴诺毫无预兆地突然问道。上周，警长的父亲送了六瓶酒过来，但这只是为父子俩能一起度过一小段美好时光而找的借口。

"你指的是哪一方面？英国人？"

"我指的是你在克制自己不诋毁卢帕雷洛，要是过去，你绝对不这么干。天啊！这个人在妓女、皮条客和同性恋遍布的露天妓院因心脏病突发而亡，他的裤子脱到了脚踝——淫秽极了。你们不去抓住这么重要的时刻，却乖乖听从命令，对他如何死亡表示怜悯。"

"实际上，我们真的不习惯利用这样的事情来做文章。"

蒙塔巴诺开始大笑起来。

"你能帮我个忙吗，尼科洛？你和自由频道的其他人能只管自己的事吗？"

齐托也开始笑起来了。

"好吧，是这么回事。尸体被发现几个小时后，里佐顾问立刻跑去见'红色男爵'费罗·博西纳男爵。他是一个百万富翁，而且是个共产党人，里佐双手合十乞求他，不要让自由频道提及卢帕雷洛的死亡情况。他恳求男爵祖先们似乎很久以前就拥有的骑士精神。你知道的，男爵掌控了百分之八十的互联网。就那么简单。"

"就这么简单？简直就是胡扯！所以，你，尼科洛·齐托，因总是说需要让你说的话，已经赢得了你的反对者的赞赏，你只需对男爵说'是，先生'，然后服从？"

"我的头发是什么颜色的？"齐托问道。

"红色的。"

"我里里外外都是红色的，蒙塔巴诺。我是共产党人。我之所以接受了整个事实，是因为我相信了那些人，那些人说我们不应详述他是怎么死的，以免玷污那个可怜虫的声誉，而是希望他生病，身体不舒服，他们试图让我们这样去想。"

"我不懂。"

"好吧，让我来解释一下吧，我单纯的朋友。让人们忘记一件丑闻最快的方法就是尽可能多地在电视、报纸等媒介中谈及它。因为你总谈论一个已讨论透彻的话题，人们就会逐渐开始厌倦。'他们总在说些旧事！'有人会说，'他们还不罢休吗？'几个星期后，饱和效应出现，人们就不想再听到关于这个丑闻的任何消息。现在，你明白了吗？"

"我想，我明白了。"

"另一方面，如果你什么事情都秘而不宣，沉默自己就会开口讲话，谣言开始发酵，最后无法控制。需要举个例子吗？你知道在办公室接到的电话中有多少是因我们的沉默造成的吗？几百个！所以，卢帕雷洛先生过去在他的车里一次嫖戏了两个女人，这是真的吗？卢帕雷洛先生喜欢与妓女做爱的同时有一个黑人在后面干他，这是真的吗？接下来是今晚被问的最新问题：卢帕雷洛先生给所有他玩过的妓女送昂贵的珠宝，这是真的吗？显然，有人在牧场发现了一个珠宝。说到这儿，你知道关于这件事的一些情况吗？"

"我？不，那都是在胡扯。"警长平静地撒着谎。

"看到没有？我敢肯定，几个月后，一些混蛋会来找我，问我卢帕雷洛是否真的鸡奸过四岁的小孩子，然后把他们塞满栗子，吃掉。他将遗臭万年，永遭世人谴责。我希望，这能让你明白为什么我同意掩盖一切。"

"卡达蒙的职位是什么？"

"我不知道。他当选，很奇怪。你看到了，书记处都是卢帕雷洛的人，只有两个人是卡达蒙的人，但他们在那里只是为了装门面，以表明他们是民主的。很显然，新任书记本可以也本应该是卢帕雷洛的追随者，而事情并非如此。令人惊奇的是，是里佐站起来提议推选卡达蒙的。派系的其他成员很无语，但不敢反对。如果里佐这样说，就意味着这件事背后一定潜伏着一些危险的东西，他们最好追随顾问，一条道走到黑，所以最后他们投赞了成票。卡达蒙接到电话，接受了这个职位，并亲自提议里佐与他一起工作，这令他书记处的两个代表十分沮丧。但我能懂卡达蒙的处境：与其让里佐我行我素不顾后果，还不如让他跟自己上一条船。"

齐托之后对他说，他打算写一部小说。他们一直谈到了凌晨四点。

※

当蒙塔巴诺正检查一个多肉植物（这个植物是利维娅送给他的礼物，就放在他办公室的窗台上）是否还活着的时候，他看到一辆蓝色政府公务车停了下来，这种车配备电话、司机和保镖。保镖先下车，为一个矮矮的秃头男人打开车后门，这个秃头男人穿着一身西服，西服与汽车颜色相同。

"外面有个人要跟我说话，"他对守卫说，"让他进来。"

里佐进来后，警长注意到他的左袖上部戴着一个宽的黑带，跟手掌一样宽。看来，顾问已经准备为逝者哀悼了。

"我要做什么才能得到你的宽恕？"

"为了什么？"

"那么晚了还打扰你休息。"

"但您说这事是耽……"

"improcrastinable，是的。"

真是个聪明人，里佐顾问！

"我就直入主题吧！上周日深夜，一对年轻夫妇，他们深受人们尊敬，喝了一点点酒，然后决定尽情发泄。妻子劝丈夫带她去牧场。她对那个地方和那里发生的事情很好奇。一切都源于这可恶的好奇心，而非其他。当两人到达牧场边缘时，妻子下了车，但几乎所有人都开始用下流话骚扰她，所以她回到车里，之后他们就离开了。回到家里后，她发现自己丢了一件昂贵的东西，就是戴在她脖子上的项链。"

"真是个奇怪的巧合！"蒙塔巴诺咕哝道，像是在自言自语。

"什么意思？"

"我只是注意到这和卢帕雷洛的死亡发生在同一时间、同一地点。"

里佐没有变得慌乱，而是装出一副严肃的表情。

"我也注意到了这一点，你知道的。命运弄人啊！"

"您提到的那个东西，是个纯金项链吗？它镶着宝石，还是个心形的？"

"就是这个。我命令你，按你发现可怜的卢帕雷洛先生死亡时捡到的那样，原封不动地物归原主。"

"您必须原谅我，"警长说，"我真不知道在这样的情况下怎样物归原主。不过，我认为如果主人自己来认领，事情就好办了。"

"但我有一份正当的委托书！"

"真的吗？让我看看。"

"没问题，警长。不过，你也得照顾到我的利益，在透露我客户的名字之前，我得确定一下你是否有他们在找的东西。"

他伸进夹克口袋里，掏出一张纸，将其交给蒙塔巴诺。警长仔细地阅读起来。

"在这封信上签名的卡达蒙是谁？"

"他是我们新任省委书记卡达蒙医生的儿子。"

蒙塔巴诺认为重现场景的时候到了。

"但这也太奇怪了！"他嘟囔着，声音几乎听不到，显出陷入深深思考的样子。

"对不起，你说什么？"

蒙塔巴诺没有立刻回答，让对方焦虑不安。

"我只是在想，在整个事件中，命运，正如您所说的，真的是在我们身上耍了太多的花样。"

"为什么这样说呢，如果你不介意回答的话？"

"他死亡时，新任省委书记的儿子（卡达蒙医生的儿子）和前任省委书记（卢帕雷洛）恰好在同一地点。很不寻常啊！您不觉得吗？"

"不寻常是不寻常，但我确信这两者之间没有丝毫关联，我十分确定。"

"我也是，"蒙塔巴诺继续说，"我不太明白贾科莫·卡达蒙签名旁边的这个签名。"

"这是他妻子的签名，她是瑞典人。坦率地说，她是一个相当鲁莽的女人，似乎与我们的生活格格不入。"

"在您看来，这个东西值多少钱？"

"我不是这方面的专家，但物主说大约八千万里拉。"

"接下来，我们要这么做：今早晚些时候，我会打电话给我的同事亚科穆齐，让他顺便拿到项链，并带给我。明天早上，我会派我的人把它送到您的办公室。"

"我真不知道该怎么感谢你——"

蒙塔巴诺没让他继续说下去。

"到时候，您给我的人按照项链的实际价值开个收据。"

"当然可以！"

"再开一千万里拉的支票，我愿意按四舍五入法计量该项链的价值，就按人们捡到贵重物品或大量钱财时折算的百分比记。"

里佐近乎优雅地接受了这还击。

"这看起来相当合理。我应该把这钱给谁？"

"给巴尔达萨雷·蒙塔波托，发现卢帕雷洛尸体的两个清洁工之一。"

律师认真地写下了这一名字。

9

里佐还没有关上门，蒙塔巴诺就开始拨打尼科洛·齐托家里的电话号码。律师刚才跟他说的话使他的大脑立刻活跃起来，脑海里蹦出的想法让他近乎疯狂地想快速采取行动。这时，齐托的妻子接了电话。

"我丈夫刚出去，他在去往巴勒莫的路上。"然后，她突然疑心起来，"昨晚他没和你在一起吗？"

"他当然和我在一起，但今天早上我突然有些重要的事情要找他。"

"等等，也许我还能联系到他。我要在对讲机上给他打个电话。"

几分钟后，他听到了他朋友的喘气声，然后是他的问话："你想干什么？昨晚对你来说还不够吗？"

"我需要一些信息。"

"别太长啊！"

"我想知道一切，真正的一切，甚至关于卡达蒙和他妻子最奇怪的传闻，她看上去是瑞典人。"

"不是看上去，她简直就像一个六脚山雀雕像，她的腿那个样子，你都不敢相信。但如果你真的想知道一切，那是需要时间的，而我现在没有时间。听着，要不咱们这样吧，我现在马上就要离开了，在路上会想着这件事，一到那儿，我就给你发传真。"

"向警察总局发传真？可我们这里还在用手鼓和烟雾信号呢！"

"我的意思是把传真发到我在蒙特鲁萨的办公室，今天早上晚些时候或中午你就可以收到这个传真。"

※

蒙塔巴诺还有事情要做，所以走出他的办公室，走入警员们的办公室。

"托尔托雷拉近来可好？"

法齐奥看了看他同事的办公桌，这个同事不在。

"我昨天去看他了，他们好像决定星期一让他出院。"

"你知道如何进入废旧工厂吗？"

"他们关闭这个废旧工厂后，建了座围墙，还开了个小铁门，这个铁门非常小，你必须弯下身来才能通过。"

"谁有钥匙？"

"我不知道，但我可以找找。"

"一定要找到，中午前我就要用。"

他回到自己的办公室，打电话给亚科穆齐，等了一会儿，亚科穆齐才接电话。

"怎么了，你得痢疾了？"

"住嘴，蒙塔巴诺！你想干什么？"

"关于那条项链，你有什么进展？"

"你觉得呢？什么也没有。实际上，我发现了指纹，但指纹太多了，乱成一团，根本无法识别。我该怎么办？"

"在今天结束前，把它发给我。明白？在今天结束前。"

他听到法齐奥在隔壁房间愤怒地大喊大叫："天啊！怎么可能没人知道这个西西齐姆是干什么的？他一定是某种破产受托人，一种官方保管员！"他一看到蒙塔巴诺走进来，继续说："或许得到圣彼得的钥匙¹更容易些。"

警长告诉法齐奥自己要出去一趟，两个小时内就回来。

---

1 彼得是耶稣的门徒，耶稣将天国的钥匙给了他，喻表的是将上帝审判的权柄给了他。

当他回来的时候，他希望看到钥匙就在他桌子上。

※

巴尔达萨雷·蒙塔波托的妻子在门口一看到警长，脸色就变得苍白，用手捂着她心脏的位置。

"哦，我的上帝啊！怎么了？发生什么事了？"

"别担心，其实我有好消息要告诉你，信不信由你。你丈夫在家吗？"

"在家，他今天早上回来的。"

这个年轻女人让他在厨房里坐着，她去叫萨罗。萨罗正在婴儿卧室里躺着，希望能把小婴儿哄睡着。

萨罗出来时，警长对他说："坐下吧，仔细听我说，你把这条项链典当了之后，打算带着钱和你儿子去哪儿？"

"到比利时，"萨罗立刻回答道，"我兄弟住在那里，他说我们可以在他家里住一段时间。"

"你准备好旅行的钱了吗？"

"这儿抠抠，那儿省省，还是有点积蓄的！"这个女人十分自豪地说，"但只够路费。"

"太棒了！我想让你今天就去车站把票买回来。其实，不，别买了，坐公交车去拉科达利，那儿是不是有家旅行社？"

"是。但为什么要去拉科达利？"

"我不想让维加塔镇的任何人知道你打算做什么。你做这件事时，你妻子整理行囊，准备出发。一定不要告诉任何人你去哪儿，甚至连你的家人也不能告诉。清楚了吗？"

"完全清楚了，但是，警长，我想问一下，我们去比利时给儿子治病，有什么不对的地方吗？您让我偷偷摸摸地做这些事情，好像我们在做违法的勾当似的。"

"你没做任何违法的事情，萨罗，没必要担心这个，我有很多事情需要弄明白。所以你一定要相信我，严格照我说的做。"

"好吧，但也许您忘了，如果我们的钱连买往返车票都不宽裕，那我们去比利时干什么呢？去观光？"

"你会得到你需要的钱。明天早上，我的人会给你开张一千万里拉的支票。"

"一千万？为什么？"萨罗惊讶得喘不过气来。

"这是你应得的。这是你上交你捡到的项链所理应得到的钱，随便花，别担心。你一得到支票，立即兑现，然后离开。"

"谁给我开支票？"

"里佐顾问。"

"哦。"萨罗脸色变得苍白。

"千万不要害怕，你的所有行为都是合法的，一切尽在我的掌控中。不过，你要尽可能小心。我不想让里佐突然改变主意，就像一些混蛋那样。毕竟，一千万里拉，这不是个小数目。"

※

吉亚隆巴多告诉警长，法齐奥已经去取旧工厂的钥匙了，但至少要两个小时才能回来；保管员身体状况不太好，正与他儿子在蒙特多罗静养。这名警察还告诉警长，洛·比安科法官来过电话，说要找他，希望他十点钟回电。

※

"啊，警长，太棒了，我正要出去，我得去大教堂参加葬礼。我知道我会受到攻击，文字性的攻击，一些有影响力的人都将问我同样的问题，你知道是什么问题吗？"

"为什么卢帕雷洛的案子还没结？"

"你猜对了，警长。我不是在开玩笑，我不想说些伤人的话，我也不想在任何方面被误解……但总之，如果你手上有一些确凿的线索，要么撒手去做，要么就先把这个案子结了。我要说的是，我真搞不懂：你以为你会发现什么？卢帕雷洛先生系自然死亡。你，我觉得，抓着这个案子不放，只因为他恰巧死在了牧场。我很好奇，如果卢帕雷洛在路旁被发现，你会发现什么不对头的地方吗？回答我。"

"不会。"

"那么，你打算怎么处理呢？这个案件必须在明天以前了结，明白吗？"

"别生气，法官。"

"好吧，我确实生气，但我在气我自己。你让我用了'案件'这个词，这个词真的不应该在这种情况下使用。明天，明白吗？"

"星期六，可以吗？"

"我们在做什么？在市场上交易吗？好吧，但如果你要是晚一小时，你的上司就会接手这件事。"

※

齐托履行了自己的诺言。自由频道办公室秘书递给警长从巴勒莫发来的传真，因为他要去牧场，所以只能边走边读。

年轻的贾科莫先生就是个典型的被宠坏了的

富家公子哥，他非常接近这类人，因此想象不出其他更好的名称。他父亲是出了名的"大好人"，除了一个小过失（下面有更多），他还是已故的卢帕雷洛的死对头。贾科莫与他的第二任妻子一起生活，他妻子的名字是英格丽·斯特洛姆。之前，我在他父亲的别墅二楼亲自向你描述过他的品行，现在列举他的"事迹"，至少有些我还记得。他是个无知的蠢蛋，从来都不想学习，也不想做事，唯一感兴趣的就是分析女性的私密之处。但是他总能高分通过考试，这得多亏那"上帝"（或简单地说是他父亲）。每次考试，他父亲都得做手脚。他从来不去上任何大学课程，虽然被医学院录取了（幸好是公共卫生）。十六岁时，他在没有驾照的情况下开着他父亲的大汽车撞死了一个八岁小男孩。事实上，贾科莫从来没有对这个小男孩做出过任何补偿，但他父亲做了，他父亲给了那孩子家很多钱作为补偿。成年后，他开了一个服务公司，两年后，公司倒闭，贾科莫几乎没有赔一分钱，而他的合伙人差点开枪自杀。一个税收人员试图查明真相，却突然发现自己被调职到了东北部的博尔扎诺。贾科莫现在在制药行业（想一想就知道当然是他父亲在背后撑腰），扔的钱可能比他赚回来的钱要多。

作为一名赛车和赛马的狂热爱好者，他在蒙特鲁萨建了一个马球俱乐部。但在那里，他没参加过一次贵族运动，因此遭到了很多嘲笑。

如果我必须表达我对这个人的真实看法，我会说，他就是个绝佳的蠢货标本，就是那种只要有一个有钱有势的爹就会荣华富贵的人。二十二岁时，他与一个富家女阿尔巴玛瑞娜·科拉蒂诺（朋友们称她为巴巴）契约结婚（你不也这么说吗？）。两年后，她去了罗塔，要求宣告婚姻无效，理由就是她的丈夫阳痿，不能生育。我忘了提他十八岁时做的事了，也就是在他结婚四年前，他把一个佣人的女儿肚子搞大了。令人遗憾的是，像其他事一样，这件事也被他那全能的爹给处理了。所以，有两种可能性：要么巴巴在撒谎，要么佣人女儿在撒谎。神圣的罗马高级神职人员给出了无可反驳的意见，说是佣人在撒谎（不然还能是什么？），贾科莫不能生育（为此，我们应该感谢主）。巴巴离婚后与她的一个表弟订婚了，他们已经发生了关系，而贾科莫去了雾气很重的北方，以忘记发生的事情。

在瑞典，他偶然参加了一场充满危险的拉力赛，赛程围绕湖泊、岩壁和山脉展开。获胜者是一个高大而美丽的金发女郎，她的职业是技工，名字叫英格丽·斯特洛姆。我该怎么说才能让它听起来不像肥皂剧呢？之后，他们结婚了。现在，他们已经一起生活五年了。英格丽时不时会回到家乡，开她的小赛车。瑞典人简单，无拘无束。就这样，她成功地给她丈夫戴上了绿帽子。有一天，在马球俱乐部，五个绅士（可以这么说）玩了一个聚会游戏。其中有人问了这样一个问题：有谁没和英格丽做过爱吗？没有的就站出来。这五个人都坐着。他们都在笑，尤其是贾科莫，他当时也在场，虽然他没参加这个游戏。一个未被证实的谣言称，即使是禁欲的卡达蒙医生也和他的儿媳妇发生过关系，以解决自己的饥渴，这是我一开始忘记说的部分。我想不起其他的事情了，希望我提供的这些八卦足够你享用。

尼科洛

蒙塔巴诺大概两点到达牧场，那里一个人也没有，小铁门上的锁被盐和铁锈覆盖着。他料到了这一点，专门带了用于润滑枪支的油喷雾。然后他回到车上，打开收音机，等着油发挥作用。

当地广播电台播音员正在解说葬礼，十分煽情，甚至死者的遗孀都非常感动，之后她一阵虚脱，被抬了出去。主教、党派副书记、地区书记以及佩利卡诺部长分别致悼词，其中佩利卡诺部长是以死者老友的身份致的悼词。至少有两千人在教堂前面等待着棺材出现，当棺材出现时，人群中响起了热烈的、深受感动的掌声。

"掌声可以是'热烈的'，但怎能是'深受感动'的呢？"蒙塔巴诺自言自语。他关掉收音机，去试钥匙。锁开了，但门却像固定在地上一样，很难推开，他用肩膀使劲撞门，终于撞出了一条小缝儿，刚好可以挤进去。门被石膏片、金属废料和沙子挡着，显然，保管员已经好几年不在这儿住了。他注意到，这儿实际上有两道外墙：一道是保护墙，在小入口门那儿；另一道是破碎的旧围墙，包围着工厂。通过第二道墙上的破口，他可以看到生锈的机器，大管子有些是弯曲的，有些是直的，还有大蒸馏器、带大窟窿的铁架、长短不一的搁凳、摆放角度不合逻辑的钢制炮塔。

地面上到处都有裂缝，以前大的空隙由铁桁架梁遮盖着，现在这些梁都破烂不堪，摇摇欲坠。除了一层陈旧的水泥以及从裂缝中长出来的带有黄尖的杂草之外，什么也没有。蒙塔巴诺站在两墙的空隙间一动不动，陷入思考之中。他喜欢从外面看工厂，但看到里面的样子时，他也很兴奋，遗憾没带相机来。一阵低音不断传来，分散了他的注意力。传来的像是一种震动的声音，其实是从工厂里发出的。

可能是什么机器在这儿运转吧？他疑惑地问自己。

他觉得最好先退出去，于是回到车上，从贮物箱里拿出手枪。他几乎没有携带武器，他的枪很沉，弄皱了他的裤子和夹克。返回到工厂之后，那声音还在继续，他小心地朝距离他进入之处最远的一侧走去。萨罗绘制的地图非常精确，蒙塔巴诺可以靠这张地图探索这个工厂。这种声音就像某些高压线在潮湿环境下发出的嗡嗡声一样，只不过这里的声音更加多变，充满韵律，时不时地停止，但很快又以一种不同的调调出现。他很紧张地继续向前走，十分小心脚下的石头和碎片，这些石头和碎片构成了两墙之间狭窄的走廊的地面。从眼角的余光望去，透过一个口儿，他看到对面有个人在动，就立刻把头缩了回来，那个人肯定已经看到他了。没时间了，这个人一定有同伙。

蒙塔巴诺跳出来，握着手枪，大喊道："别动！警察！"

一秒之内他意识到，对方早就预料到了，于是手握着手枪，身体半弯。接着蒙塔巴诺扣动扳机，同时卧倒，在他接触地面之前又开了两枪。他本以为对方也会开枪还击，哭泣并仓皇逃跑，没想到他听到的反而是震耳欲聋的爆炸声，然后玻璃碎成了渣。这一瞬间，他意识到发生了什么，便狂笑起来，站都站不稳了。他对着玻璃上的自己开了一枪。这是一块大玻璃，没裂痕，很脏，没有光泽。

我不能告诉任何人这件事。他心想，**他们会开除我的。**

突然，他觉得手里拿着枪对他来说很荒谬，他把它塞在腰带里。开枪声、枪声长长的回音、坠毁声、玻璃的破碎声完全覆盖了他之前听到的声音，现在这个声音还在继续，比以前更加多样。此刻他明白了：这是风声，每天，甚至在夏天，风卷起海浪拍打着海滩，到了晚上风声减弱，好像不想打扰盖戈的生意。风儿吹过搁凳、拉网钢丝绳（有些是坏的，有些是拉紧的），通过像大笛子一样的烟囱（烟囱上有个大口儿），在死一般沉寂的工厂里奏着忧伤的旋律。警长停了下来，走进去听这声音。

他爬过一堆又一堆碎片，花了差不多半个小时才到达萨罗说的那个地方。最后，他确定自己站着的位置就在萨罗找到项链处的墙的另一边，他开始冷静地四处观察。周围有被太阳晒黄的杂志和废纸，还有杂草、可口可乐瓶（罐太轻，不能扔过高墙）、葡萄酒瓶、无底部的金属独轮手推车、几个轮胎、一些铁屑、一个叫不上名字的东西和一根腐烂的木梁。在木梁旁边，有一个皮的手提包，有带子，款式时尚，全新的，上面还有设计师的名字，与周围的废墟产生了明显的视觉冲突。蒙塔巴诺打开它，里面有两块相当大的石头，显然是为了增加重量好让皮包从墙外扔到里面时按照设定的轨迹运动，除此之外，包里就没有其他东西了。他仔细看了看这个包，包主人名字的金属首字母已被撕掉了，但皮革上还留有印记，一个是 I，一个是 S，即：英格丽·斯特洛姆。

"真是'踏破铁鞋无觅处，得来全不费工夫'啊！"蒙塔巴诺想。

10

　　蒙塔巴诺把阿德莉娜放在冰箱中的大份烤青椒拿出来充饥，这时，他的脑海中闪现一个想法——享受这为他用心烹煮的盘中一切美味。他在自己的电话簿里翻找着贾科莫·卡达蒙妻子的电话号码，因为他觉得她这个时候应该在家。

　　"哪位？"

　　"我是乔瓦尼，英格丽在家吗？"

　　"你等一下，我去看看。"

　　他曾试着猜想这个管家是从怎样的世界里来到了卡达蒙的家里，可他怎么也猜不出来。

　　"你好，'超级弟弟'，近来可好呀？"

　　这是一个略显低沉沙哑的嗓音，正好和齐托向他描述的一致。然而，她的话无论如何也没有激起这位警长的性欲。

实际上，这些话反倒令他感到不适：世界上这么多名字，他不得不找出英格丽所说的他那个生理部位的名字。

"你还在那儿吗？你是不是站着睡着了？你这头死猪，是不是昨天晚上纵欲过度了啊？"

"对不起，夫人……"

英格丽立马反应过来了，但毫无惊奇和怒意。

"你不是乔瓦尼，对吗？"

"对。"

"那你是谁？"

"我是警察局的警长，我叫蒙塔巴诺。"

他希望对方能有所警觉，但是很快他便大失所望。

"哇！太棒了！警长！你想要我做什么？"

她的语调丝毫没有变化，即使她知道现在和自己说话的这个人她完全不认识。而蒙塔巴诺也依旧十分拘谨正式。

"我想跟你聊两句。"

"今天下午恐怕不行，但是今天晚上可以。"

"行，那就今天晚上。"

"那我去你办公室找你吗？你办公室在哪儿？"

"最好不要去那里，我觉得还是去一个更隐蔽的地方吧。"

英格丽停顿了一下。

"你卧室怎么样？"从这个女人说话的声音可以听出来，她有点生气了。很显然，她开始联想到话筒那头的人肯定是想亲近自己。

"听着，夫人，我知道你怀疑我心存不轨。你看这样行吗？一小时后我就回到维加塔的总部，你可以打电话到那里找我，好吧？"

这个女的没有马上答应他，在拿定主意前，她思考了一下。

"不用了。我相信你，警长。告诉我时间和地点吧。"

他们约定十点在马里内拉的酒吧见面，那个时候人不会太多。蒙塔巴诺建议她不要告诉任何人，甚至包括她的丈夫。

※

卢帕雷洛的别墅靠近海边，在蒙特鲁萨的入口处。到处坐落着十九世纪的建筑，别墅周围有高高的围墙，铁门就安装在这些围墙的正中间，此时正敞开着。蒙塔巴诺抄近路沿着一条两旁长有树木的小道走着，穿过公园的一部分，来到了一个两扇门的大门前，其中一扇门敞开着，另外一扇门上悬挂着一个巨大的黑色的弓。他探过身子往里边望去。前厅十分宽敞，里边有二十几个男男女女，他们似乎很悲伤地低声咕哝着什么。他觉得自己就这样从那群人中穿过去很不明智，因为有的人可能会认出他，然后问他为什么来这里。他便围着别墅绕了一圈，发现有一个后门，但门是关着的。他摁了几下门铃，便有人过来给他开门。

"你走错门了，来哀悼的人都是走前门。"一个系着黑色围裙、带着硬挺帽子的女仆警觉地看着他说。这个女仆一眼就看出他不是置办酒席的人员。

"我是蒙塔巴诺警长，你能跟这里的家庭成员们说一声我来了，好吗？"

"哦，他们已经恭候您多时了，警长。"

她领着他穿过走廊，然后打开了一扇门，示意他进去。蒙塔巴诺发现自己如同身处在一个巨大的图书馆一般，里边巨大的书架上整齐地摆放着成千上万本完好的书籍。房间的一个角落里摆放着一张非常大的桌子。桌子对面应该是端庄典雅的会客区，这里摆放着一张小桌子和两把扶手椅。墙上只挂着五幅画，蒙塔巴诺看到这些画十分激动，他一眼就认出了这些都是谁的作品：古图索在四十年代创作的《一位农民的肖像》，梅利的《拉齐奥美景》，玛法伊的《毁灭》，唐吉的《台伯河上两桨手》以及福斯托·皮兰德娄的《浴女》。这些挂在墙上的画显示了这个房间的主人具有很高的品味以及独到的鉴赏力。门开了，一个三十岁左右的男人走了进来，他系着黑领带，直率的面容，潇洒时髦。

"是我给您打的电话。很感谢您能过来。母亲十分想见您。很抱歉给您带来这么多的麻烦。"他说话一点口音都没有。

"一点都不麻烦，就是我不知道自己能帮到您母亲什么。"

"我也是这样跟她说的，但是她坚持要见你，而且她没向我透露任何想见您的原因。"

他看着自己右手的指尖，好像以前从未见过似的，然后小心地清了清嗓子。

"警长，希望您能理解。"

"我不理解。"

"希望您看在我母亲的面子上，这段时间她很煎熬。"

正当这个年轻人转身离开时，他突然停了下来。

"噢，警长，我想提前告知您，以免到时候您觉得尴尬。我母亲知道我父亲是怎么死的以及在哪儿死的。她是怎么知道的我不清楚。她在发现尸体两个小时后就知道了。请原谅我。"

蒙塔巴诺放下心来。若这寡妇已经得知她丈夫死亡的事情，自己就不必再捏造事实，向她隐瞒其中的不雅之事了。他走回去，重新欣赏起那些画来。他在维加塔的家中只有一些卡尔马西、阿塔迪、圭达、科迪欧及安吉洛·卡内瓦里的素描画和油画，这些都是从他微薄的薪水中节省出来的。而眼前的这些画，他负担不起，也永远不会为了这种级别的画作而花钱。

"喜欢这些画吗？"

他突然转过身，刚才并没听到这位女主人进来。她年过五十，个子不高，神态坚定。脸上仅有细微的皱纹，岁月不仅未能侵蚀她的美貌，反而令她那双敏锐的绿宝石眼睛愈发明亮。

"请不必拘束！"她说，然后走过去，坐到了沙发上，同时警长也在一把椅子上坐了下来。"这些画太漂亮了！我懂得不多，却很喜欢它们。房间各处共有三十幅左右，都是我丈夫买的。画画是他的秘密嗜好，但他愿意说出来。不幸的是，他的癖好可不止这一个。"

这足以为谈话开个好头了。蒙塔巴诺想，随后问道："感觉好点儿了吗，夫人？"

"跟何时相比呢？"

警长结巴了一下，好像面前有位老师问了他一个非常难的问题。

"呃，我不知道，和今早相比……听说您今天在教堂时不太舒服。"

"不太舒服？我感觉挺好的啊，跟任何人在这种情况下的感觉是一样的好。不，我的朋友，我只是假装晕倒。我是个好演员。其实，那时候我的脑海中浮现出了一个想法：如果一名恐怖分子，我对自己说，趁我们在里面时将教堂炸毁，那这世上至少有十分之一的虚伪之人会和我们一同消失。所以，我就由人护送出来了。"

这个女人如此坦白，让蒙塔巴诺有些敬佩，他不知道该说些什么，所以等着她继续讲。

"当得知我丈夫被发现的地点后，我给警察局的长官打电话，向他询问这项调查由谁负责，如果有人负责的话。局长告诉了我您的名字，并补充说您是一个正派的人。我有点疑虑：还有正派的人吗？所以我就让儿子给您打了电话。"

"我只能感谢您了，夫人。"

"我们在这儿可不是为了互相感激的。我不想浪费您的时间。您确定这不是起杀人案吗？"

"完全确定。"

"那您的疑虑是什么？"

"疑虑？"

"对，亲爱的警长。您一定在疑虑着什么。只有这样，才能解释为什么您不愿意结案。"

"那我就直说了，夫人。这只是一些想法，一些我不能也不应该允许自己有的想法。我想，如果这是起自然死亡的事情，那我就该去别处执行公务了。您若不能提供新线索，我今晚就会告知法官。"

"可是，我确实有些新线索要告诉您。"

蒙塔巴诺怔住了，说不出话来。

"我不知道您有什么想法，"女主人接着说，"但我要告诉您我的想法。西尔维奥确实是个精明、有抱负的男人。即使那些年里他为人处世低调，可他心中有自己的确切目标：在恰当时机成为万众瞩目的焦点，并保持自己的光彩。现在，您会相信，这样一个男人在花那么长的时间、那么多的耐心用策略使自己爬到想到达的位置后会决定在一个美好的夜晚和一个名声不好的女人去一个人人都能认出他并且可能敲诈他的不正经地方吗？"

"夫人，这也正是我最不解的地方。"

"您想不想更困惑些呢？我刚说的是'名声不好'的女人。我想说明，我指的不是妓女，也不是其他人们为之花钱的女人。我不知道自己解释得是否清楚。我告诉您一些事吧：就在我们刚结婚时，西尔维奥曾向我吐露说，他从未接触过妓女，在妓院合法时也没去过那里。有什么事制止了他吧。所以，这就让人不得不猜想，是个什么样的女人说服了西尔维奥在那么恶心的地方和她发生关系。"

蒙塔巴诺也从未接触过妓女，而他希望，不要再说出一些自己和这个男人的相似之处了，自己从来不会想和这种人一起进餐。

"您看，我丈夫非常安逸地沉浸于他的癖好中，但他从未对自我堕落或'下流之事的沉迷'（正如一位法国作家写的那样）产生过任何兴趣。他在卡波·马萨里亚顶上建了一座小房子，虽然不在自己名下。在那里，他小心谨慎地做完风流韵事。我是从一个一贯富有同情心的朋友那里得知了这件事情。"

她起身，走到桌子前，把一个抽屉翻了个遍，之后又坐回去，手里拿着一个很大的黄色信封、一个挂着两把钥匙的金属环和一个放大镜。她将钥匙递给警长。

"顺便说一句，他对钥匙也有着疯狂的痴迷。每串钥匙都有两个备用，一串放在那个抽屉里，另一串他拿着。可第二串备用钥匙一直没找到。"

"没有在您丈夫的口袋里吗？"

"没有。他的工程师工作室内也没有。在他别的办公室，那个所谓的行政办公室内也没有发现。消失了，蒸发了。"

"他可能把钥匙丢到大街上了。我们无须知道是否有人从他那里拿走了钥匙。"

"那不可能。您想，我丈夫共有六串钥匙：一串是这座房子的，一串是乡下房子的，一串是海边的房子的，一串是办公室的，一串是工作室的，一串是他那间小房子的。他把这些钥匙放到汽车的贮物箱里，并时不时地拿出他要用到的那串。"

"这些钥匙都没找到吗？"

"没有。我下令将所有的锁都换掉。只有那间小房子除外，因为正式来讲，我并不知道那间房子的存在。如果您想去的话，您可以去那里看看。我相信您能找到他那风流韵事的痕迹。"

她两次提到了他的"风流韵事"，蒙塔巴诺希望自己能安慰她一下。

"卢帕雷洛先生的风流韵事其实并不在我的调查范围内，除此之外，我从未怀疑过他人。我必须真诚地说，您给我的回答非常普通，适用于任何人。"

这女人看着他，脸上隐约带有一丝笑意。

"我从未因此而斥责过他，您是知道的。坦白讲，我们的儿子出生两年后，我丈夫和我就不再是夫妻了。因此，这三十年来，我便能平静地、安静地观察他，我的视线丝毫不会受到感觉上波动的影响。您似乎不太明白，请谅解我：说起他的'风流韵事'，我会注意避免细说有关性的细节。"

蒙塔巴诺的双肩紧缩，让身子深深地陷进扶手椅内，感觉就像有根撬棍重击下来，直落他的头部。

"另一方面，"这位女主人继续说，"让我们把话题扯到我最感兴趣的地方吧。我坚信，这是一种犯罪行为——让我说完——不是杀人案，不是身体意义上的将人除掉，而是一种政治犯罪。他们用了一种极端暴力的行为致他死亡。"

"请您明示，夫人！"

"我坚信，我丈夫是在暴力或敲诈的威胁下被迫去了那个不干净的地方。他们制定了计划，但是不能完全执行，因为他的心脏在压力之下，或——为什么不会呢——恐惧之下就会停止工作。他病得很重，您知道的，他刚做完一个非常困难的手术。"

"但他们又是如何胁迫他的呢？"

"我不知道。或许您可以帮我找到答案。他们可能将他诱骗进了陷阱。他无法反抗。我不知道，或许他们在那个地方给他拍了照片，或者有人将他认了出来。从那一刻起，我丈夫就落入了他们的手掌，成了傀儡。"

"'他们'是谁？"

"我认为是他的政治对手，或生意伙伴。"

"您看，夫人，您的推理，确切地说是您的猜测，有个严重的漏洞：没有证据来支持您的观点。"

女主人打开了一直拿在手中的黄色信封，并从中抽出一些照片，那是犯罪实验室在牧场拍的尸体照片。

"噢，天哪！"蒙塔巴诺不寒而栗，低声说道。而这位女主人在看照片时却未显露半点情感。

"您从哪儿拿到的？"

"我有些好朋友。您看过这些照片吗？"

"没有。"

"您不该不看。"于是，她选了一张照片，连同放大镜一起递给了蒙塔巴诺。"现在，请仔细看看这张照片。他的裤子被扯了下来，您能够看见三角裤上白色的东西。"

蒙塔巴诺满头是汗。这种不适让他非常恼火，但又无可奈何。

"我没发现任何异常。"

"哦，没有异常？那三角裤上的标签呢？"

"嗯，这我能看见。怎么了？"

"您本应看不到标签的。这种三角裤，如果您来我丈夫的卧室，我会给您看看其他的，标签是在里边的后面。如果你能看见标签，正如现在这样，这就意味着他的三角裤穿反了。这样，您就不能说，那天早上西尔维奥把内裤穿反了，而他自己却从未意识到。他服用一种利尿剂，您明白的，每天要去厕所好多次，他能在那天的任何时候轻松地把内裤穿正。而这只能意味着一件事。"

"什么事？"警长问道，这女人清晰、无情的分析让他大吃一惊。她没有落一滴眼泪，好像死者只是一个泛泛之交。

"那就是，他们突袭他时，他的身体是赤裸的，他们迫使他匆忙穿上衣服。而他唯一会裸体的地方就是在卡波·马萨里亚的那座小房子里。这就是为什么我要把这些钥匙交给您的原因。我重申一遍，这是针对我丈夫公共形象的犯罪行为，但是它只成功了一半。他们想摧毁他的形象，让他变得像猪一般，这样他们就能随时对付他了。如果他没死的话，就更好了，他就会被迫穿上衣服，做他们所要求的任何事情。然而，计划确实成功了一部分：我丈夫手下的所有人都被逐出了新领导层。只有里佐逃脱了。事实上，他是其中的受益者。"

"为什么是他？"

"如果您渴望了解，就要靠自己去发现了。否则的话，您只会终止于接受他们把水塑造出来的形状。"

"对不起，我不懂。"

"我不是西西里岛人。我出生在格罗塞托，我父亲当上行政长官后，我们就来到了蒙特鲁萨。我们有一小块土地，还有阿米亚塔山坡上的一座房子。我们经常在那里过夏天。我认识了一个小朋友，一个比我小的农家男孩。那时我大概十岁。有一天，我看见我那朋友把碗、水杯、茶壶和一个方形牛奶包装盒放到井边，给它们装满水，聚精会神地盯着它们看。"

"你做什么呢？"我问他。而他反过来问了我一个问题：

"水是什么形状的？"

"水根本就没有形状！"我笑着说道，"你把它装进什么形状的容器里，它就呈现什么形状。"

就在那时，通往图书室的门打开了，一位天使出现了。

11

天使，在那一刻，蒙塔巴诺无法用别的词语来形容。这位天使是个年轻的男子，年约二十，身材高挑，头发金黄，皮肤黝黑，有着完美的体型和青春光环。一束阳光洒向门口，使他如同沐浴在阳光里，凸显了他脸上阿波罗式的特征。

"齐娅，我能进来吗？"

"进来吧，乔治，快进来。"

当乔治走向沙发时，他的脚如同失重一般，并没有踩着地面，而是滑过地板，前行成了一条蜿蜒、几乎是螺旋的路，途经可以触及的物体时，他会轻碰一下，还会轻轻地爱抚。蒙塔巴诺注意到了那位夫人的眼神，那眼神示意他让他把他握在手里的照片装进口袋里。他照做了，而那位遗孀也迅速把其他照片放进了她沙发旁边的黄色信封里。当乔治走近时，警长注意到他的蓝眼睛由于哭过，布满血丝，眼袋浮肿，黑眼圈很重。

"你感觉怎么样，齐娅？"乔治几乎以温柔的嗓音询问，然后优雅地跪在女主人身旁，把他的头枕在她的腿上。蒙塔巴诺的脑海中闪现出他之前看过的一幅画，画面十分清晰，如同在泛光灯下，然而他不记得在哪里见过那幅画，那幅画中是一位英国夫人的肖像，身边有一只灵缇犬，其位置与乔治所在位置完全相同。

"这是乔治，"女主人说道，"乔治·齐卡里，他是我妹妹伊丽莎白和刑法律师欧内斯托·齐卡里的儿子。或许你认识他。"

她说话时抚摸着乔治的头发。而乔治没有丝毫回应。显然，他已悲痛欲绝，甚至不愿转向警长。此外，这位女主人十分谨慎，没有提及蒙塔巴诺是谁以及他在他们家里做什么。

"你昨晚入睡了吗？"

乔治只是摇了摇头，没有任何答复。

"我会告诉你，你应该做些什么。你注意到这里的卡普阿诺医生了吗？去和他说说情况，让他给你开一个强力镇静剂，然后回去睡觉。"

乔治一言不发，晃悠悠地起身，似乎浮于地板之上，步态奇特，左摇右摆，随后消失在门外。

"您必须原谅他，"夫人说，"乔治是最为悲痛的一个，这一点毫无疑问，从得知我丈夫死亡到现在，他的悲痛程度也未消减半分。您知道，我想让我儿子去学习，为自己谋个职位，不依赖他的父亲，并且远离西西里岛。或许您能想到我这样做的理由。结果，由于斯特凡诺不在，我丈夫把所有的爱都倾注在了我们的外甥身上，他对乔治的爱达到了偶像崇拜的地步。这个孩子甚至和我们一起生活，这引起了我妹妹和她丈夫的极度不满，他们感觉被遗弃了一样。"

她站了起来，蒙塔巴诺也站了起来。

"警长，我已经把我能想到的、应该告诉您的全和您说了。我是一个非常诚实的人，您可以在白天或晚上任何您方便的时间给我打电话，不要怕伤害我的感情，我在他们心中是一个坚强的女人。在任何情况下，我都能够凭良心而为。"

"夫人，有一个问题已经困扰了我一段时间。您知道您的丈夫还没有回来，为什么您不担心……我的意思是，您的丈夫没有回家的那天晚上，您不担心吗？之前有过这种情况吗？"

"是的，有过。但是您想想，他在星期日晚上刚给我打过电话。"

"在哪儿打的？"

"我不知道。他说他会很晚回家。他有一个重要的会议，甚至可能得在外过夜。"

她把手伸向他，而警长不知道为什么把她的手紧握在自己手里，然后亲吻了它。

※

从别墅的同一个后门一出来，他就注意到了乔治独自坐在附近的一个石凳上，弯着腰，痉挛性地颤抖着。

出于担忧，蒙塔巴诺走近，看到乔治双手摊开着，掉在地上的黄色信封和照片散落一地。显然，受好奇心的驱使，乔治蹲在他姨妈身旁时拿走了它们。

"你哪里不舒服吗？"

"不是那样的，哦，上帝，不是那样的！"

乔治声音哽咽，目光呆滞，甚至没有注意到警长站在那里。一秒钟后，他的身体突然一僵，从长凳上倒了下去，再也没有起来。蒙塔巴诺跪在他身边，试图以某种方式固定住这个抽搐的身体，男孩的嘴角已经开始吐出白沫。

斯特凡诺·卢帕雷洛出现在了别墅的门口，环顾四周，看到了这一幕，便赶紧跑了过来。

"我紧跟着您过来，想和您打招呼，发生了什么？"

"我想，是癫痫发作了。"

在乔治生命危急之际，他们尽最大努力阻止乔治咬住自己的舌头或用头猛烈地撞击地面。之后这个年轻人终于平静了下来，他的颤抖在狂怒中逐渐减轻。

"帮我把他抬到里面去。"斯特凡诺说。

曾为警长开门的那个女仆一听到斯特凡诺的呼唤，就赶紧跑了过来。

"我不想让妈妈看到他这种状态。"

"去我的房间吧！"女仆说道。

他们步行艰难，沿着一条走廊前行，这与他之前进入时所走过的走廊不同。蒙塔巴诺用腋窝夹着乔治，斯特凡诺抓住他的双脚。当他们到达女仆的厢房时，女仆打开了一扇门。他们气喘吁吁地把男孩放在了床上。乔治已陷入沉睡。

"帮我把他的衣服脱掉。"斯特凡诺说。

当乔治被脱到只剩平角裤和衬衫的时候，蒙塔巴诺才注意到从他颈部的底部到他下巴的底部，皮肤都非常白皙、精致，与他面部和胸部晒成的古铜色形成了鲜明对比。

"你知道他那儿为什么没被晒吗？"他向斯特凡诺问道。

"我不知道，"他回应道，"我离开好几个月了，上周一下午刚从蒙特鲁萨回来。"

"我知道为什么，"女仆说，"乔治主人在一次车祸中受了伤。不到一周前，他才把颈圈摘掉。"

"当他苏醒并有意识之后，"蒙塔巴诺对斯特凡诺说，"告诉他明天上午十点左右来一趟我在维加塔的办公室。"

蒙塔巴诺回到了长凳那里，弯腰捡起了地上的信封和照片，并把它们放入了口袋里，这些斯特凡诺都没有注意到。

※

卡波·马萨里亚距离圣菲利波湾大约一百码，但是警长没看到那个小房子，按照卢帕雷洛夫人之前告诉他的，这个小房子应该就矗立在那儿。他开车掉头，开得非常慢。当他正好位于海角对面时，他从密密麻麻的低矮灌木林里发现了一条从主干道上分岔出来的小径。他沿着这条小径前行，不久之后发现小径被一个门堵住了，其作为长长围墙上的唯一开口挡住了海角伸向海的那一部分。

钥匙能把门打开。蒙塔巴诺将车停在门外，沿着小径前行，这条小径由凝灰岩块铺设而成。在小径的尽头，他踏上了一个也是由凝灰岩块铺设而成的小楼梯，瞬间有种着陆的感觉。他发现了房子的前门，这从陆地一侧是看不见的，因为它被建造得像一个鹰巢，正好在岩石的里面，有些像山间避难所。进入之后，他发现自己置身于一个面朝大海的巨大房间，那房间确实像是悬在海上，一整面玻璃墙使他有一种犹如在轮船甲板上的感觉。这个地方摆设有序：一张餐桌和四把椅子摆放在一个角落里，一张沙发和两把扶手椅面向窗户，一个十九世纪的餐具柜，里面装满了玻璃杯、碟子、葡萄酒和白酒，还有一台带录像机的电视。在一张小茶几上方的旁边是一排录像带，有些是色情的，但并不全是。这个大房间有三个门，第一个门通向一间非常整洁的小厨房，装食品的货架上和冰箱里现在几乎什么东西都没有，只剩几瓶香槟和伏特加。浴室相当宽敞，能闻到消毒剂的味道。在镜子下方的架子上，有一把电动剃须刀、几瓶除臭剂和一瓶古龙香水。在卧室里，有一个朝向大海的大窗户，一张双人床，铺着新洗过的床单，还有两个床头柜，其中一个放有电话，还有一个带有三扇门的大型衣柜。在床头的墙上，悬挂着埃米利奥·格列柯的绘画——一个非常性感的裸体。蒙塔巴诺打开了那个放有电话的床头柜的抽屉，毫无疑问，卢帕雷洛通常会睡在这一边。抽屉里面有三个避孕套、一支钢笔、一个白色记事本。当在抽屉的最里面看到一支口径为 7.65 的手枪时，他大吃一惊。另一个床头柜的抽屉里是空的。打开大型衣柜的左扇门，他看到了两套男士西装。在最上层抽屉里有一件衬衫、三套内裤、一些手帕和一件 T 恤。他检查了一下内裤：那位夫人说的是对的，标签在内侧的后面。在底部抽屉里有一双便鞋和一双拖鞋。衣柜中间的那扇门上镶有镜子，透过镜子可以看到床。中间门这部分被分为三层：最高层和中间层的架子上有帽子、带色情描述的意大利杂志和外国杂志、振动按摩器、床单和枕头套，乱七八糟的；底层的架子上有三个女性假发，分别是棕色，金色和红色，它们也许是工程师色情游戏的一部分。然而，令他最为吃惊的是，当他打开右扇门时，看到衣架上悬挂着两件非常优雅的女士连衣裙。此外，还有两条牛仔裤和一些衬衫。在一个抽屉里，他只发现了一些很小的内裤，但没有胸罩。另外一个抽屉是空的。当俯下身以更好地检查第二个抽屉时，蒙塔巴诺知道了令他如此吃惊的缘由：不是因为看到了女性的服装，而是从服装上散发出的香味，这种香味，他模糊地记得，曾在废旧工厂打开皮手提包的那一刻闻到过。

没有其他可以看的了。为了检查得更全面，蒙塔巴诺弯下腰来看家具的下面：一条领带被缠绕在一个后床脚上。他捡了起来，想起了卢帕雷洛被发现时衬衫领子是开着的。他把照片从口袋里拿了出来，判定这就是那条领带，因为这条领带的颜色与工程师死亡时穿的西装十分搭配。

※

在总部，蒙塔巴诺发现杰尔马纳和加鲁佐急躁不安。

"法齐奥在哪儿？"

"法齐奥与其他人正在一个加油站，去往马里内拉路上的那个，那里发生了枪杀事件。"

"我也即刻前往，有什么寄来给我的吗？"

"有，亚科穆齐寄来一个包裹"。

他打开一看，是那条项链，就又把它包好。

"杰尔马纳，你跟我一起去这个加油站。到那儿把我放下，开着我的车继续前往蒙特鲁萨。我将告诉你走哪条路。"

警长走进自己的办公室，打电话给里佐，告诉他他的一个手下带着项链正在前往的途中，并补充说，他应该把一千万里拉的支票交给这位警员。

在他们赶往枪杀现场途中，警长向杰尔马纳强调道，一定要在里佐交出支票后才能把包裹交给他，然后带着支票——警长给了他地址——给萨罗·蒙塔波托送去，并建议他在第二天早上八点钟银行一营业就将支票兑换成现金。他说不出个究竟，这困扰他许久了，但他感觉到卢帕雷洛的案子很快就要得出结论了。

"我应该回来并去加油站接你吗？"

"不用，你把车停在总部就行。我坐警车回来。"

※

警车和一辆私家车堵住了加油站的入口。他一下车，杰尔马纳便开往蒙特鲁萨，警长被强烈的汽油味所呛到。

"注意您的脚下！"法齐奥冲他喊道。

溢出的汽油使地面有些泥泞，气味也弥漫开来，使蒙塔巴诺感到恶心和轻微的眩晕。停在车站前面的是一辆带有巴勒莫牌照的汽车，它的挡风玻璃已经破碎。

"车上那个人受伤了。"法齐奥说道，"已经被救护车带走了。"

"伤得很严重吗？"

"不是很严重，只是擦伤，但是这把他吓得要死。"

"确切地说，发生了什么？"

"如果您想亲自去和加油站的服务员谈谈……"

服务员回答蒙塔巴诺的问题时，嗓音尖锐刺耳，如同指甲在玻璃上划过时发出的声音一样。事情的经过大概如下：一辆车停了下来，车上的人让服务员把油加满，服务员把喷嘴卡在车上，将其设置为自动停止后就留它在那儿，因为此时还有一辆车已经开了进来，司机要求注入三万汽油并进行快速的机油检查。当服务员准备为第二个客户服务时，道路中一辆车的驾驶员拿着一把冲锋枪朝这儿一阵扫射，然后疾驶而去，消失在众多行驶的车辆中。第一辆车上的人立即开车去追，喷嘴滑了出来，继续冒油。第二辆车的司机像个疯子一样大喊大叫，因为他的肩膀被一颗子弹击中了。恐慌一平息，服务员觉得暂时不会再有危险，便开始救助受伤人员，而此时喷嘴还在喷吐着，汽油流得满地都是。

"你有没有仔细看第一辆车中那个男人的脸？就是那个急忙开车去追的人。"

"没，警官。"

"你确定？"

"千真万确！"

此时，法齐奥叫的消防员到了。

"我们接下来要做的事情是，"蒙塔巴诺对法齐奥说，

"消防员一完成任务，就载着那个服务员，把他带来警察局，我认为他说的话有点不靠谱。给他些压力，那个家伙很清楚朝着他们开枪的那个人是谁。"

"我也是这么认为的。"

"我猜应该是库法罗团伙中的人干的，打个赌吧，你想赌多少钱？我认为这个月该轮到他们了。"

"什么，您想从我这里赢钱？"法齐奥笑着问道，"这个赌注您已经赢了。"

"待会儿见。"

"您要去哪里？我觉得您是想让我开警车载您一程。"

"我要回家去换身衣服。从这里出发的话，大约步行二十分钟就能到。呼吸一点新鲜空气能使我倍感舒适。"

他朝家走去。他不想穿着礼拜服和英格丽·斯特洛姆见面。

12

　　他一屁股在浴室门正对着的电视机前坐下，全身赤裸，身上的水还在滴着。电视上正播放着那天早上卢帕雷洛的葬礼。摄影师显然意识到了，在葬礼这样枯燥乏味的正式场合上，只有遗孀、她的儿子斯特凡诺、外甥乔治这三个人才是看点。卢帕雷洛夫人总是无意识地向后扭头，像是在不断地否定什么。对于这样的"否定"，解说员用其低沉且充满悲伤的声音解释为夫人因极度悲痛而失去理性才做出的明显举动，不愿接受其丈夫已死的事实。但是，当摄影师把镜头聚焦在这位夫人身上以捕捉她的神情时，蒙塔巴诺发现她的眼中只有不屑和厌烦，正如她曾经向他显露过的一样。在她身旁坐着她的儿子，解说员说他目光呆滞、一脸忧思。之所以这样形容斯特凡诺，是因为这位年轻工程师所表现出来的沉着冷静近乎冷漠。乔治则像风中的树，前后摆动，怒气冲冲，手里不停地拧着一条被泪水浸透的手帕。

电话响了，蒙塔巴诺盯着电视屏幕的同时走过去接电话。

"警长，我是杰尔马纳，所有事情都办妥了。里佐顾问对您表示了感谢，还说他找到了还您债的方式。"

对于里佐说的那些还债方式，警长自言自语道，他的债主应庆幸他没有那么做。

"之后我去见了萨罗，并把支票交给了他。他们认为这是某种恶作剧，我好不容易才说服了他们，之后他们就开始在我手上亲来亲去。他们还说了些上帝应如何善待您的话，我都会一一告诉您。您的车还在总部。用我给你开过去吗？"

警长瞟了一眼他的手表，距离他和英格丽的会见还有一个多小时。

"好的，但不必着急。九点半见吧。然后我顺路载你回城里。"

他不想错过目睹她假装晕倒的那一刻。他就像个观众，而魔术师已向他揭露了自己的秘密：乐趣并不在于欣赏它多么出人意料，而在于技巧的高明。然而，错过那一刻的人是摄影师，虽然他急急忙忙地把对部长的特写拍摄转向卢帕雷洛的家庭成员，但还是错过了捕捉那一刻。斯特凡诺和另外两个人搀扶着夫人出去了，乔治则还在原地摇摇晃晃。

※

到了总部大楼前，蒙塔巴诺没有让杰尔马纳下车，自己继续前行，而是和他一起下了车。法齐奥刚从蒙特鲁萨回来，已经和那名受伤男子聊了，受伤男子最终冷静了下来。法齐奥说，那名受伤男子来自米兰，是一名家用电器推销员，每三个月就会坐飞机去巴勒莫，在当地租辆汽车，然后四处推销。当时，这名男子在加油站停下来，正查看客户名单上下一家店铺的地址，突然听见阵阵枪响，肩膀一阵刺痛。法齐奥相信了他的叙述。

"警长，当这名受伤的男子回到米兰时，他将加入到试图将西西里岛从意大利分离出去的队伍当中。"

"加油站服务员那边谈得怎么样了？"

"服务员那边则是另一番情景。吉亚隆巴多正在和他交谈，您知道他的：只要有人跟他待上几个小时，他就会把对方当成认识多年的老朋友，之后才意识到自己把连教父都不应该告诉的秘密告诉了对方。"

※

酒吧的灯熄了，玻璃门关了。蒙塔巴诺选在了马里内拉酒吧关门的时候来。他停下车，等待着。不一会儿，来了一辆红色扁平的汽车，双人座，像条鳎目鱼似的。车门打开后，英格丽出现了。即使是在昏暗的路灯下，警长看到她比他想象中的还要美：紧身牛仔裤裹着长腿；白色衬衫，领口微开，袖口卷起；脚穿凉鞋；秀发盘成一个丸子头。英格丽迷人极了，像个封面女郎。她环顾四周，发现酒吧里漆黑一片，于是懒洋洋地朝警长的车走来，透过打开的车窗和警长说起了话。

"瞧，我猜就是你的车。那么我们现在要去哪儿？你家吗？"

"不，"蒙塔巴诺生气地说，"上车。"英格丽上了车，车里瞬间充满了蒙塔巴诺已经熟悉了的气味。

"我们现在要去哪儿？"英格丽再一次问道。她正经了起来，不再开玩笑。她是一个敏感的女人，意识到了警长的烦躁。

"你时间充裕吗？"

"相当充裕！我说了算。"

"我们去一个能让你感到舒适的地方吧，你已经去过那儿了。等着瞧吧。"

"我的车怎么办？"

"我们一会儿回来再取。"

于是，他们出发了。两人沉默了几分钟后，英格丽开口问了警长一个问题，一个她刚见面就该问的问题。

"你为什么想见我？"

警长在英格丽坐进车里时就一直在思考这个问题。这的确是个问题，但毕竟他是一名警察。

"卡达蒙夫人，我之所以想见您，是因为我需要问您几个问题。"

"卡达蒙夫人？听着，警长，我非常熟悉我所见的每一个人，如果您一定要这么正式地和我交谈的话，我只会感到不自在。您姓什么？"

"萨尔沃。法律顾问里佐有没有告诉您我们已经找到了那条项链？"

"什么项链？"

"什么项链？您这么问什么意思？当然是那条镶嵌着心形钻石的项链。"

"没有，他没有告诉我。不管怎样，我和他没有任何关系。里佐肯定是告诉我丈夫了。"

"你讲给我听听吧。我很好奇：你习惯丢了珠宝之后再把它找回来吗？"

"你为什么这样问？"

"说吧，我告诉你我们找到了你的项链，它价值一千万里拉，而你连眼睛都不眨一下？"

"事实上，我不喜爱珠宝。瞧！"英格丽微微一笑，低声说道。

她把手伸向警长。

"我也不戴戒指，甚至连结婚戒指也不戴。"

"那你把项链丢到哪里了？"

英格丽没有立即回答。

她正在回想某人告诉她的，蒙塔巴诺认为。

然后，她才一板一眼地开始说起来。作为一个外国人，想说谎也并不容易。

"我对一个地方很好奇，它叫牧……"

"牧场。"蒙塔巴诺补充说道。

"我之前听说过很多关于它的事情。我让我丈夫带我去那里。一到那儿，我就下车，走了一小会儿，差点儿受到袭击。我害怕极了，担心我丈夫会跟人发生争执。于是我们离开了那里，回到家后，我才发现我的项链不见了。"

"您说自己不喜欢珠宝，那天晚上怎么会恰巧戴着项链出去的呢？戴着项链去牧场，感觉很不合适。"

英格丽犹豫了。

"我戴项链是因为那天下午我和一个朋友在一起，她很想看一看我的项链。"

"听着，"蒙塔巴诺说道，"我应该一开始就告诉你，虽然我现在身为警长跟你谈话，但我这样做并非是以官方身份。"

"什么意思？我不明白。"

"我是说，你告诉我的任何事都仅限于你我之间，不会有第三个人知道。你丈夫为什么选里佐作为他的律师呢？"

"有什么不可以的吗？"

"不是不可以，至少是不合乎常理。里佐是西尔维奥·卢帕雷洛的得力助手，是你公公最大的政治对手。顺便问一下，你知道卢帕雷洛是谁吗？"

"我知道。里佐一直是贾科莫的律师。此外，我不知道关于政治的任何血腥事件。"英格丽伸展了一下身子，将胳膊背在头后。"我感到很无聊，太糟糕了。我本以为和一名警察在一起会让人更兴奋呢。你能告诉我们现在是要去哪儿吗？快要到了吗？"

"马上就要到了。"

※

他们经过圣菲利波湾的拐弯处后，英格丽开始变得紧张起来。从眼角处瞄了警长两三次后，她轻声说道："瞧，这附近没有酒吧，也没有咖啡店。"

"我知道。"蒙塔巴诺答道。他减慢车速，伸手去拿之前放在英格丽座位后面的皮包。"我想让你看件东西。"

他把包放在英格丽的腿上。英格丽看着它，感到十分吃惊。

"你是怎么拿到它的？"英格丽问道。

"它是你的吗？"

"当然是我的，这上面有我名字的首字母。"

当英格丽看到那两个字母不见时变得更加疑惑了。

"字母肯定是掉了。"英格丽轻声说道。但她并不完全相信。她困惑不已，像是迷失在找不到答案的迷宫里。显然，现在某事正困扰着她。

"你名字的首字母仍旧在皮包上，只是因为天黑看不到它们而已。有人把字母撕扯掉了，但字母的印记留在了皮包上。"

"是谁扯掉了它们呢？为什么要这么做呢？"

英格丽的声音透露出些许紧张。警长没有回答。他清楚地知道为什么他们要把字母撕掉：为了让包看上去像是英格丽想让它无个性特征一样，不知道那个包归谁所有。当他们来到通往卡波·马萨里亚的泥泞小路时，蒙塔巴诺加速，似乎打算直走，车轮突然剧烈旋转，驶上了这条路。忽然，英格丽一句话也不说就打开车门，敏捷地从前进着的车里跳了出去，穿过树木，开始奔跑起来。警长一边大骂，一边紧急刹车，从车里跳出来，一路追赶。几秒钟后，他意识到自己追不上英格丽，于是停了下来，无法抉择。就在这时，他看到英格丽摔倒了。当他来到摔倒在地的英格丽身旁时，打断了她用瑞典话的自言自语，他虽然无法听懂，但感受到了英格丽的恐惧和愤怒。

"走开！"英格丽说道，然后接着揉自己的脚踝。

"赶紧起来，别废话！"

英格丽努力站了起来，斜倚着蒙塔巴诺。警长一动不动，丝毫没有帮助英格丽的意思。

※

大门很容易就被打开了，而前门死活打不开。

"让我来吧。"英格丽说道。她跟在警长身后，不再想着逃离，好像很顺从的样子，但她也在一直准备着自己的防范措施。

"你在里面不会找到任何东西，你知道的。"英格丽在门口不屑地说道。

她自信地打开灯，当她朝屋里看并看到盒式录像带和家具齐全时，她惊呆了，眉头紧皱。

"他们告诉我……"

英格丽平复了一下自己，沉默下来，耸了一下肩，她看了一眼蒙塔巴诺，等着他说话。

"去卧室吧。"警长说道。

英格丽张开嘴，打算说几句俏皮话，结果却没有信心去做了。她转过身，一瘸一拐地走进另一间房间，打开屋里的灯，这次她没有感到惊讶，料到了一切都会井然有序。接着，她在床脚边坐了下来。蒙塔巴诺打开了衣柜的左扇门。

"你知道这些都是谁的衣服吗？"

"一定都是西尔维奥·卢帕雷洛先生的。"

警长又打开了衣柜中间的那扇门。

"这些假发是你的吗？"

"我从不戴假发。"

当他打开衣柜的右扇门时，英格丽闭上了眼睛。

"注意，闭上眼睛可不能解决任何事。这些都是你的吗？"

"是的。但是——"

"但是它们本不应该再在这儿。"警长帮她把话说完。

英格丽一惊。

"你是怎么知道的？是谁告诉你的？"

"没有人告诉我，我自己想到的。我是个警察，记得不？那个包也在衣柜里？"

英格丽点点头。"你丢的那个项链，它之前放在了哪儿？"

"在那个包里，我曾戴过一次，后来我来到这儿就把它留在这儿了。"

她停顿了一下，盯着警长的眼睛。

"这能说明什么吗？"英格丽问道。

"让我们回到另一个房间吧。"

※

英格丽从餐具柜里取出一个玻璃杯，倒了半杯鸡尾酒，一口气喝了下去。然后又倒了一杯。

"你想来一杯吗？"

警长拒绝了。他坐在沙发上，注视着窗外的大海。灯光幽暗，透过玻璃可以看得很清楚。

英格丽走过来，在他身边坐下。

"之前，我也坐在这里看海。"

英格丽向警长靠近了些，把头放在了他的肩膀上。他没有动，并立即意识到英格丽的这一举动并非在引诱他。

"英格丽，你还记得我在车里跟你说过的话吗？我们的谈话并非以官方身份进行的，记得吗？"

"记得。"

"现在，请老老实实地回答我，衣柜里的那些衣服是你自己拿来的还是别人放的？"

"我自己拿来的。我以为我可能会穿得着。"

"你是卢帕雷洛的情妇吗？"

"不是。"

"不是？那我怎么感觉你在这儿如同在自己家一样轻松自在。"

"我只和卢帕雷洛睡过一次觉，那是我来到蒙特鲁萨六个月之后的事，以后就再也没有过。是他带我来的这儿。但后来我们成了朋友，很好的朋友。我从未和一个男人有过如此真挚的友谊，甚至在我的国家也不曾有过。我可以告诉他任何事，所有事。如果我陷入麻烦，他也会连问都不问地想方设法帮我解围。"

"你是想让我相信，你来的那一次就带来了这么多裙子、牛仔裤、内裤，还有那皮包和项链？"

英格丽抬起头，十分气愤。

"我没有试图让你相信任何事。我只是在告诉你一些事实。后来，我问西尔维奥我可不可以偶尔借用一下这房子，他同意了。他只要求我一件事：要非常谨慎，绝不能告诉任何人这房子是谁的。"

"那当你想来这儿的时候，你怎么知道这房子没有人住，可以借用。"

"我们约定了电话铃声作为沟通代码。我信守承诺。我只带一个男人来过这里，一直都是这一个。"

英格丽抿了一口酒，向前拱了一下肩。

"两年前这个男人强行进入了我的生活。因为我……后来，我再也忍受不了了。"

"在什么之后？"

"第一次之后。我对整件事害怕极了。但他……有点儿不理智，对我有些着迷。但也只是对我肉体上的着迷。当时他每天都想见到我。后来，我带他来到这里，他开始整个向我扑过来，压住我，然后变得猛烈起来，撕开我的衣服。这也是为什么我衣柜里会有这些衣服。"

"这个男的知道这房子是谁的吗?"

"我从没告诉过他,他也从不问我。你看,他一点也不吃醋,他只是要我的肉体。在我身边他从不感到厌倦。他时刻想把我带在身边。"

"我明白了。卢帕雷洛知道你带他来这儿吗?"

"同样——他没问过我,我也没告诉过他。"

英格丽站了起来。

"我们能去别的地方聊聊吗?这个地方现在让我情绪很低落。你结婚了吗?"

"没有。"蒙塔巴诺说道。

"那我们去你的住处吧。"英格丽无精打采地笑着说道,"我告诉过你它将以这种方式结束,对吧?"

13

两个人都不想说话，于是在沉默中度过了十五分钟。但是，警长又一次恢复了警察的样子。事实上，当他们一到达坎内托河上的大桥时，蒙塔巴诺就把车开到一边，踩下刹车，然后叫英格丽跟着他一起下了车。站在桥的最高处，蒙塔巴诺给这个女人指了指干枯的河床，它在月光下也可以看得清楚。

"看，"他说，"河床一直延伸到海滩。它在一个陡峭的斜坡上，上面满是大岩石和石头。你觉得你可以把车从上面开下去，到达那里吗？"

"我不知道。要是白天的话可能会好点儿。但如果你想让我试试的话，我可以试试看。"

她盯着警长，然后眯起眼睛笑了。

"你调查我了，对吧？那我该做些什么呢？"

"试试吧！"

"好吧，你在这儿等着。"

她上了车，开车走了。不一会儿，车头灯就从视线中消失了。

"嗯，就是这样。她把我当作傻瓜。"蒙塔巴诺无奈地说道。

当他准备长途步行回维加塔时，他听到她开车回来了。

"我想我能做到。你有手电筒吗？"

"在贮物箱里。"

女人跪下，用手电照了照车底部，然后站起来。

"有手帕吗？"

蒙塔巴诺给了她一块，英格丽用它把她受伤的脚踝包紧。

"上车。"

她往回开了一段，来到了一条从省道通往桥下区域的泥路。

"我想试试，警长。记住，我的一只脚不能动。系好安全带。我能开快些吗？"

"可以，但我们要安然无恙地到达海滩，这才是重点。"

英格丽挂上车挡，车便像子弹一样飞了出去。连续高速行驶了十分钟后，车子开始猛烈震动。有那么一刻，蒙塔巴诺觉得他的头快要脱离身体，飞出窗外。然而，英格丽平静而坚定，开车时，她的嘴巴张开，舌头伸出。警长想告诉她不要那样做，因为她可能会无意中咬着自己的舌头。

"我通过测试了吗？"当他们到达海滩时,英格丽问道。

她的眼睛在黑暗中闪闪发亮。她既兴奋又高兴。

"通过了。"

"让我们再来一次，这次是往坡上开。"

"你疯了！够了！"

她把这称作一个测试是对的，尽管它是一个不能解决任何问题的测试。英格丽可以轻松地沿着那条路向下行驶，这一点对她来说是不利的；另一方面，当警长要求她这样做的时候，她似乎没有紧张，只是惊讶，这一点对她来说却是有利的。但事实上，她并没有弄坏汽车上的任何东西，他又如何看待呢？不利的？还是有利的？

"那么，我们可以再来一次吗？来吧，这是我今晚唯一玩得开心的时刻。"

"不，我说了，不！"

"好吧，那你开车。我身上太疼了。"

警长开车沿着海岸行驶，心里确定这辆车是正常工作的，任何零部件都没有损坏。

　　"你真的很棒，你知道的。"

　　英格丽以一种严肃而专业的口吻说："嗯，任何人都可以驱车抵达那里。技巧在于，要让汽车一直保持刚出发时的态势，这样才能安全通过那段路。因为之后你可能会发现自己在一条铺好的道路上，而不是像这样的海滩上，你必须加速以弥补损失的时间。我不知道我说明白了没有。"

　　"非常明白。比如说，某人驱车向下开到那里来到海滩之后，车辆减震的悬架损坏了，这说明这个人根本就不知道他在做什么。"

　　他们到达了牧场。蒙塔巴诺打了右转向。

　　"看到那片大灌木了吗？卢帕雷洛的尸体就是在那里被发现的。"

　　英格丽什么也没说，甚至看起来一点也不好奇。他们沿着道路向下行驶。那天晚上没什么事情发生。当他们来到旧工厂的墙边时，蒙塔巴诺说："就是在这儿，与卢帕雷洛一起的女人丢了她的项链，还把皮包扔到了墙那边。"

　　"我的皮包？"

"嗯。"

"可那不是我干的，"英格丽低声说，"我发誓，我对这些事一无所知。"

※

当他们到达蒙塔巴诺的家时，英格丽没法自己下车，所以警长不得不用一只手臂搂着她的腰，让她靠在他的肩上。一进屋，她便就近在一把椅子上坐下。

"天哪！疼死我了。"

"去另一个房间，脱下你的牛仔裤，我好给你包扎一下。"

英格丽呜咽着，一瘸一拐地站起来，倚靠着家具和墙壁让自己站稳。

蒙塔巴诺给总部打了电话。法齐奥告诉他，加油站的服务员想起了一切，准确地识别出了车上的那个人，也就是袭击者试图杀死的人：他是库法罗组织的图里·甘巴尔德拉。证明完毕。

"所以加鲁佐就去了甘巴尔德拉的家，"法齐奥继续说，"但甘巴尔德拉的妻子说她已经两天没见她丈夫了。"

"我会赢得这场赌注的。"警长说。

"为什么？你认为我会蠢到和你打赌吗？"

他听到了浴室里的流水声。英格丽显然属于那类不能抵挡浴缸诱惑的女人。他拨打了盖戈的号码，他的手机号码。

"你一个人吗？现在方便说话吗？"

"我的确是一个人。至于说话方不方便，得看情况。"

"我只需要你告诉我一个名字。我保证你给我这个信息不会有任何危险。但我想要一个准确的答案。"

"谁的名字？"

蒙塔巴诺给他解释了一下，盖戈便痛快地告诉了他那个名字，此外，还附带告诉了他一个绰号。

※

英格丽在床上躺了下来，披着一条很大的毛巾，但只盖住了身体很小一部分。

"对不起，可是我站不起来。"

蒙塔巴诺从浴室的架子上拿来了一小管药膏和一卷纱布。

"把腿伸过来。"

当她移动时，她的小内裤露了出来，一只乳房也尽收眼底，看起来犹如一个非常了解女人的画家的一幅画作。她的乳头似乎在环顾四周，对陌生的环境充满好奇。蒙塔巴诺再次明白，英格丽没有引诱他的意图，他为此而感激她。

他把药膏涂抹在她的脚踝上，然后紧紧地包裹上纱布。

"等着吧，过会儿就会感觉好些。"他说。整个过程中，英格丽都没有把视线从他身上移开。

"你有威士忌吗？给我半杯，不加冰。"

就好像他们在彼此的生命中早已相识一样。把威士忌拿给她后，蒙塔巴诺搬来一把椅子，在床边坐下。

"你知道吗，警长？"英格丽说，并用她那绿色的、闪闪发光的眼睛看着他，"你是我在这里五年来遇到的第一个真正的男人。"

"比卢帕雷洛还好吗？"

"嗯。"

"谢谢。现在，听我的问题。"

"尽管问。"蒙塔巴诺正要开口，这时门铃响了。他想不到谁会来，便疑惑地开了门。原来是安娜，她穿着便衣，对他微笑着。

"惊喜吧！"

她绕过他走到屋子里去了。

"谢谢你的热情，"她说，"你整个晚上都在哪里？总部那边的人说你在这里，所以我就过来了，但屋子里一直没亮灯。我打了至少五次电话，都没人接。最后，我终于看到灯亮了。"

她看着蒙塔巴诺，可他还是没开口说话。

"你怎么了？不会说话了吗？好吧，那你就听着吧。"

她沉默了。卧室的门开着，她走了进去，看见了英格丽，半裸，手里拿着酒杯。她的脸色先是变得苍白，然后变得通红。

"对不起。"她低声说着，冲出了房子。

"快去追她！"英格丽向他喊道，"向她解释一切！我这就回家。"

蒙塔巴诺一怒之下把前门踢关上了，墙也随之一震，这时他听到安娜的车离开了，怒火冲天。

"我没必要向她解释！"

"我该走吗？"英格丽已经从床上半起身，现在她的整个乳房都露了出来。

"不用，但把你自己盖好。"

"对不起。"

蒙塔巴诺脱掉夹克和衬衫，把头扎进水槽，冲了一会儿冷水。然后，他回到床边的椅子上坐下。

"我想知道关于那条项链的真实故事。"

"嗯，上个星期一，我的丈夫贾科莫被一个电话叫醒。我那时太困了，没怎么听。他匆忙穿上衣服，出门了。

两个小时后，他回来了，问我那条项链在哪里，因为他有一段时间没有在房子里看到过那条项链了。我不好告诉他项链在西尔维奥家的那个包里。如果他要看的话，我就不知道该如何回答了。所以我就告诉他，我在一年多前把项链弄丢了，之前没有告诉他，是因为我怕他会生气。那条项链很值钱，是他在瑞典时送给我的一个礼物。然后贾科莫让我在一张空白纸的底部签上我的名字。他说保险需要用它。"

"那么，这个关于牧场的故事是从哪里来的呢？"

"这是后来发生的，当时他回家吃午饭。他向我解释说，他的律师里佐告诉他，关于我如何丢失的项链，保险公司需要一个更加有说服力的说法，并建议他说有关牧师的故事。"

"牧场。"蒙塔巴诺耐心地纠正她。他受不了发音错误。

"牧场，牧场。"英格丽重复说，"坦率地说，我发现这个故事也不是很有说服力。它听起来不合逻辑，像是编造的。当时，贾科莫告诉我，每个人都把我看作是一个妓女，所以我让他带我去牧场的想法听起来比较可信。"

"我理解。"

"可我不理解！"

166

"他们在试图陷害你。"

"陷害我？什么意思？"

"你看，卢帕雷洛在牧场死在了一个女人的手上，并且是这个女人劝他去那里的，是吧？"

"是的。"

"嗯，他们想让事情看起来你就是那个女人。包是你的，项链是你的，卢帕雷洛家的衣服也是你的，你还能沿着坎内托驾驶，那么最终得出的结论只有一个：那个女人就是英格丽·斯特洛姆。"

"现在我明白了。"她说着，陷入沉默，眼睛盯着手里的玻璃杯。然后，她回过神说："这不可能啊。"

"什么不可能？"

"贾科莫会和这些人一起来……来陷害我。"

"也许是他们强迫他一起的。你丈夫的财务状况不太好，你是知道的。"

"他从来没有和我说过，但我可以看得出。不过，我敢肯定，如果他那样做的话，一定不是为了钱。"

"我也非常确信。"

"那又是为了什么呢？"

"一定另有原因，可能是你丈夫被迫参与拯救一个比你更重要的人。稍等。"

他走进另一个房间，那里有一个小桌子，桌子上都是文件。他拿起尼科洛·齐托发给他的传真。

"但是拯救别人什么呢？"他一回来英格丽就问道，"如果西尔维奥在做爱的时候死了，这不是任何人的错。他不是被杀死的。"

"英格丽，这不是为了保护某人不受法律的制裁，而是为了防止丑闻传出。"

这个年轻的女人开始读传真，先是惊讶，后来越读越有趣。在读到马球俱乐部片段时，她大笑了起来，但后来脸色立刻阴沉下来，任凭床单落到床下，把头斜靠在一边。

"你过去带到卢帕雷洛房子里的那个男人是你公公吗？"

要英格丽回答这个问题显然很吃力。

"是的。我知道人们一直在议论这件事，即使我做了我能做的一切，但他们还是会议论。它是在西西里岛的整个期间发生在我身上的最糟糕的事。"

"你不必告诉我细节。"

"但我想解释，这不是由我挑起的。两年前，我公公要去罗马参加一个会议，他邀请我和贾科莫一起去。最后，我丈夫来不了了，但他坚持让我去，因为我从来没有去过罗马。一切都很顺利，直到第一天晚上我公公进了我的房间。他好像疯了一样，所以我就顺从了他，只是为了让他平静下来，因为他一直大声喊叫，还威胁我。在回来的飞机上，他一直哭，并说再也不会发生那种事了。你知道我们住在同一所房子里，对吗？嗯，有一天下午，当我丈夫外出的时候，我正躺在床上，他又进来了，就像那天晚上一样，浑身发抖。我再次感到害怕，女仆还在厨房……第二天，我告诉贾科莫我要搬出去。他生气了，但我仍然坚持，于是我们吵了一架。之后，我又提了几次要搬出去住，但他每次都不同意。他认为他是对的。同时，我公公还是一有机会就不停地吻我，抚摸我，甚至冒着被他妻子和贾科莫看到的危险。这就是为什么我请求西尔维奥让我暂时去他那房子里住的原因。"

"你丈夫对此起过疑心吗？"

"我不知道，我也想知道。有时他好像会怀疑，有时我确信他不怀疑。"

"还有一个问题，英格丽。当我们到了卡波·马萨里亚，你在打开门时告诉我，我在里面不会找到任何东西。而当你看到一切都还在那里时，你很惊讶。难道有人向你保证过所有东西都已从卢帕雷洛的房子里拿出来了吗？"

"是的，贾科莫告诉我的。"

"所以，你丈夫的确知道？"

"等等，不要使我困惑。贾科莫告诉我，如果我被保险人员质疑，我应该说些什么——那就是，我和他一起去了牧场——当时，我在担心别的事：西尔维奥死了，迟早会有人发现他的小房子，而我的衣服、我的包以及其他所有东西都还在里面。"

"在你看来，谁会发现它们？"

"我不知道，警察、他的家人……我把一切都告诉给了贾科莫，但我对他说了一个谎。我没有把他父亲的事告诉他。我想让他认为我是和西尔维奥一起去的那里。那天晚上，他告诉我一切都会没事的，他的一个朋友会帮忙留心的，而且就算有人发现了那个小房子，他们也只会在里面看到白色的墙壁而已。我信了他。你怎么啦？"

这个问题让蒙塔巴诺吃了一惊。

"你什么意思，怎么啦？"

"你一直摸你的脖子后面。"

"哦，有点疼。一定是在开车到坎内托的时候弄的。你的脚踝怎么样了？"

"好多了，谢谢。"

英格丽笑了起来。她的情绪变化无常，像个孩子似的。

"有什么好笑的？"

"你的脖子和我的脚踝，我们像是医院里的两个病人。"

"想下床吗？"

"如果可以的话，我想在这儿待到明天早上。"

"我们还有一些事情要做，穿上衣服。你能开车吗？"

14

英格丽那辆红色鲷目鱼车仍停在马里内拉酒吧那里。显然，根本不用担心车子会被偷，在蒙特鲁萨及其市郊，没几个人会看上这辆车。

"开上你的车，跟着我。"蒙塔巴诺说，"我们回卡波·马萨里亚。"

"天啊！去做什么？"英格丽嚷道。她真的不想回去，警长也意识到了这一点。

"是为了你好。"

※

由于车前灯的炫光太晃眼，蒙塔巴诺迅速将其关掉了，并觉察到房子入口通道的大门开着。他下车，走到英格丽的车旁。

"在这里等我。关掉你的车前灯。你还记得我们离开时将大门关上了吗？"

"我不太记得了，但我很确定我们关上了。"

"掉转车头，尽量小点声。"

英格丽照他说的做了，将车头朝向了主干道。

"现在听我指挥。我要去那里。你要竖起耳朵仔细听，如果你听到我大声喊叫或注意到任何可疑之处，不要犹豫，立刻离开，转身直接回家。"

"你觉得有人在里面？"

"我不知道。照我说的做就行。"

他从车里拿出那个皮包和自己的手枪，往前走去，然后下楼梯，步子尽可能轻些。这一次，前门没费多大劲也没发出什么声响就被打开了。他手里握着手枪，穿过门廊。由于水的反射，大房间有些微暗的光。他踢开了浴室的门，接着一个个踢开其他房间的门，感觉自己就像美国电视剧里的英雄一样，有些可笑。房子里一个人也没有，也没有任何人进来过的迹象。他很快说服了自己，是他自己没有关门。他打开窗子，向下看去。在那一刻，卡波·马萨里亚像船头一样伸出海面。下面的水一定相当深。他往英格丽的皮包里塞了一些银器和一个沉甸甸的水晶烟灰缸，绕头顶旋转，然后把它扔向大海。想再找到这些东西可没那么容易。然后，他把所有属于英格丽的东西从卧室的衣柜里拿了出来，朝外走去，并确保前门关好。他一出现在楼梯顶部，就处在了英格丽车前灯的炫光中。

"我告诉过你别开车灯。还有，你为什么又把车开回来了？"

"我不想把你一个人留在这儿。如果有麻烦的话……"

"这是你的衣服。"

她接过衣服，把它们扔到后座上。

"皮包呢？"

"我把它扔到海里了。现在回家吧，他们没有什么可以陷害你的了。"

英格丽下了车，走到蒙塔巴诺面前，拥抱了他。就这样待了一会儿，她把头倚靠在他的胸口上。然后，她没有回头看他，上了自己的车子，离开了。

※

就在坎内托大桥的入口处，一辆汽车停放着，挡住了路的大部分。一个男人正站在那里，胳膊肘靠在车顶上，手捂着脸，飘忽地来回摇摆。

"有什么事吗？"蒙塔巴诺停下车问道。

那个人转过身。他满脸是血，血是从他额头中间一个较大的伤口里流出来的。

"某个混蛋干的。"他说。

"我不明白，请解释一下。"蒙塔巴诺下车，朝他走去。

"那个混蛋从我旁边经过的时候，我正在兜风，他差点把我挤出马路。我愤怒了，开始追他，按喇叭，闪大灯。突然，那个家伙踩下刹车，把车开到路边。他从车里出来，手里拿着什么东西，我看不出来那是什么。我害怕起来，觉得他拿的是一个武器。他朝我走过来——当时，我的车窗开着——他一句话也没说，就用手里的东西砸向我。那时我才意识到那是一个活动扳手。"

"需要帮助吗？"

"不需要，血马上就不流了。"

"需要到警察局备案吗？"

"别逗我了。我头疼。"

"需要我带你去医院吗？"

"能不能请你忙你自己的屁事儿去！"

※

他已经很久没有睡过安稳觉了。现在他的后脑勺疼痛难忍，这让他得不到片刻的安宁。疼痛有增无减，即使他静静地躺着、仰着或者趴着，都是一样疼。疼痛持续着，静静地弥漫，不知不觉间加剧，却没有特别剧烈的疼，这可能使情况更糟。他打开了灯，现在是凌晨四点钟。在床头桌上还有他给英格丽使用的药膏和纱布。他抓起这些东西，来到浴室镜子前，往颈背上涂了点儿药膏——或许这能缓解一下疼痛——然后用纱布把脖颈包扎起来，再用一块胶带固定住。可能是包扎得太紧了，他的头几乎动不了。他看着镜子里的自己，那一刻，他的脑海里灵光一闪，这光甚至遮盖了浴室的灯光。他感觉自己像一个带有 X 射线光芒的漫画书人物，可以透视一切。

在语法学校时，他的宗教老师是一位老牧师。有一天，老牧师说："真理即光明。"

蒙塔巴诺从不用功，一直是个淘气的学生，总是坐在教室里最后一排。

"您的意思是说，如果家里的每个人都讲真理，那就可以省下电费了。"

他大声地说出了自己的想法，这导致他被踢出了教室。

现在，大约三十年过去了，他在内心深处祈求老牧师能原谅他。

※

"伙计，你今天看起来脸色不好。"一看见警长来上班，法齐奥就立马喊道，"不舒服吗？"

"别管我！"蒙塔巴诺回答，"有甘巴尔德拉的消息吗？你找到他了吗？"

"没有。消失了。我觉得我们会在树林里的某个地方找到他，他可能被狗给吃了。"

然而，从法齐奥说话的口气中可以洞察到他已经发现了什么可疑之处。警长认识他很多年了。

"这里发生什么事了？"

"是加洛。他去了急诊室。他的手臂受伤了，但不严重。"

"怎么伤着的？"

"开巡逻车。"

"他超速了吗？"

"嗯。"

"你是自己主动把话吐出来呢，还是需要助产士帮你把话从你的嘴里拉出来？"

"好吧，因为有紧急任务，类似于斗殴之类的，我派他去集市，他就匆忙出发了——你知道他的——他的车失控滑向一侧，撞到了电线杆上。我们把汽车拖到了蒙特鲁萨的维修厂，换了一辆车。"

"告诉我真相，法齐奥，轮胎是被利器划破了吗？"

"是的。"

"加洛没检查吗？我告诉过他无数次了。难道你们不知道，划破轮胎这种事是这个该死的国家常有的把戏吗？告诉他，他最好别再出现在办公室里，否则我要他好看。"

他愤怒地摔上了房门。在一个装有邮票、纽扣以及其他各种小东西的锡罐里，他翻出旧工厂的钥匙，一声不吭就出门了。

※

坐在腐烂的横梁上，他就是在这儿附近找到英格丽的皮包的，他盯着一个之前似乎识别不出的物体，一种类似管道的连接套筒的东西，但现在很容易就能识别：那是一个颈圈，崭新的，尽管很明显已被戴过。似乎有一种暗示的力量，他的脖子再次开始疼痛起来。他站起来，抓住那个颈圈，离开了旧工厂，返回总部。

※

"警长吗？我是斯特凡诺·卢帕雷洛。"

"我能为你做什么？"

"昨天，我告诉了我表弟乔治您今天上午十点想见他。不过，就十分钟前，我阿姨，也就是乔治的母亲，给我打了个电话。我想，乔治不能去见你了，虽然他本打算去的。"

"发生了什么事？"

"我不太确定，但我阿姨说他好像一整晚都不在家。他刚回来一会儿，大约九点钟，而且精神状态非常不好。"

"抱歉，卢帕雷洛先生，但我记得您母亲告诉过我，他是睡在你家的。"

"他是睡在我家，但我父亲去世后，他就搬回自己家住了。在我们家，没有我父亲，他感到不安。不管怎样，我阿姨叫了医生，医生给他打了一针镇静剂。他现在睡熟了。我很同情他，你知道的。他可能太依赖我父亲了。"

"我理解。如果你见到你表弟，告诉他我真的需要跟他谈谈。不用着急，没什么重要的，他什么时候方便什么时候过来就行。"

"当然。啊，妈妈，她就在我的身边，让我向您问好。"

"我也送上我的问候。告诉她，我——您母亲是一个非凡的女性，卢帕雷洛先生。告诉她，我非常敬重她。"

"我当然会，谢谢您。"

※

蒙塔巴诺用了一个小时签署文件，又用了几个小时写报告。对于警长来说，这都是些繁复而无用的问卷。突然，加鲁佐没有敲门就猛地用力把门推开，门撞到了墙。他看起来非常沮丧。

"什么事儿？"

"蒙特鲁萨总部刚刚打来电话。里佐顾问被人谋杀了。枪杀。他们在圣吉斯普苏区发现了他，他就死在他的车旁边。如果需要的话，我再去查找更多信息。"

"算了吧，我自己去。"

蒙塔巴诺看了看手表——十一点钟——然后冲出了门。

※

萨罗家里没有人应门。蒙塔巴诺敲了敲隔壁屋的门，一个身材矮小的老太太开了门，表情很不友好。

"什么事儿？你在干什么，这样打扰别人？"她用浓重的方言说。

"对不起，夫人，我在找蒙塔波托先生和太太。"

"先生和太太！什么先生和太太？垃圾！人渣！"

两个家庭之间的关系显然很不好。

"你是谁？"

"我是警察局的警长。"

这位老太太的脸上闪出喜悦的光彩，她开始以极度满足的语气大喊大叫起来。

"特瑞鲁！特瑞鲁！来这里，快！"

"怎么了？"一个瘦骨嶙峋的老人出现了，问道。

"这个人是警察局的警长！我是对的！你知道警察在找谁吗？你知道他们是讨厌的人！你看到他们跑了，所以他们将不会在监狱里度过余生啦？"

"他们是什么时候离开的，夫人？"

"不到半小时前。带着他们的孩子。你现在去追，或许能在路上抓住他们。"

"谢谢您，夫人。我现在就去追他们。"

萨罗、他的妻子，还有他们的儿子已经成功地离开了。

※

沿着通往蒙特鲁萨的道路，警长被阻止了两次，首先是一支登山者的陆军巡逻队，然后是一支宪兵巡逻队。最糟糕的是在前往圣吉斯普苏区的路上，在路障和检查站之间不到三英里，却花了他四十五分钟。在现场的一整天，他见到了局长、宪兵上校和蒙特鲁萨警察局的全部人员。尽管安娜在那里，但她却假装没看见他。亚科穆齐正在环顾四周，试图找人告诉他整件事的详细情况。一看到蒙塔巴诺，他就跑了过来。

"老一套的枪杀方式，太残忍了。"

"有多少人？"

"只有一人，或至少只有一人开枪。可怜的顾问今天早上六点半才走出他的书房。他拿着一些文件，驶向塔比塔，他在那里约了一个客户。他离开书房时只有他自己——这是确定的——但在路上他搭载了一个他认识的人。"

"可能是一个搭便车的人。"

亚科穆齐突然大笑起来，近旁的几个人转过身盯着他看。"你想一下，里佐肩负着一身责任，他会优哉游哉地去搭载一个完全陌生的人吗？那家伙一定要留心自己身后的盯梢！卢帕雷洛背后的人是里佐，这你比我更清楚。不，不，绝对是一个他认识的人，一个黑手党。"

"一个黑手党，你这样认为？"

"我用我的性命作担保。黑手党提高了价格——他们总是要价更高——而政客们不是总能满足他们的要求。但还有另一个假设。由于最近的任命，他感觉自己的权力更大了，但他可能犯了一个错误。他们让他为这个错误付出了代价。"

"亚科穆齐，恭喜恭喜，今天早上你的头脑特别清醒——显然，你踩狗屎了。你怎么能如此确定你说的话？"

"顺便说一句，那家伙杀了他。他先是踢了他的致命要害处，然后让他跪下，把枪抵在他脖子后面，开了枪。"

子弹立刻"砰"的一声穿透了他的颈部。

"什么样的枪？"

"帕斯夸诺医生只瞥了一眼，根据伤口的进出口以及枪管压在他的身上的情况来看，它一定是一个7.65型号的枪。"

"蒙塔巴诺警长！"

"局长叫你。"亚科穆齐说，然后他就悄悄离开了。

局长向蒙塔巴诺招手，两人相视一笑。

"你在这里做什么？"

"局长，其实我正要离开。当听到这个消息的时候，我刚好在蒙特鲁萨。我来这里完全是出于好奇。"

"今天晚上见。不要忘记！我妻子期待你的到来。"

※

这是一个猜想，只是个猜想，如此脆弱，如果他停下来好好考虑一下，这个猜想将会不堪一击，很快就会被推翻。然而，他把油门踩到底，甚至冒着被枪击中的危险开车穿过路障。当他到达卡波·马萨里亚时，他便急忙从车里跳了出来，发动机没来得及关，车门也大开着。他轻松地打开了大门和房子的前门，冲进了卧室。床头柜抽屉里的手枪不见了。他狠狠地咒骂自己。他真是一个白痴：在他第一次来访发现这件武器后，他和英格丽还回来过两次，但是他都没有检查枪是否还在，一次都没有，甚至当他发现入口处的大门开着时，还在宽慰自己，认为是自己忘记了关门。

※

我现在要多游手好闲一会儿。他一回到家就想。他喜欢"游手好闲"这个词，在西西里语中，"tambasiare"意味着从一个房间到另一个房间，没有明确的目标，做没意义的事情。他所做的是：重新排列他的书，整理桌子，摆正墙上的画，清理煤气灶。他在游手好闲。他没有食欲，没去餐馆，甚至没有打开冰箱看看阿德莉娜为他准备了什么。

一进屋，他照常打开了电视。维加塔电视台新闻的第一条说的就是关于里佐顾问被谋杀的细节信息。只有细节，因为事件的大致情况已经在紧急广播中播过了。里佐是被黑手党无情杀害的，新闻工作者对此毫无疑问。死者最近升职到了一个具有重大政治责任的地位，可以更好地对有组织犯罪进行打击，这让黑手党感到害怕。因为这是政治革新的口号：对黑手党的全面战争。尼科洛·齐托已经从巴勒莫赶回来，在自由频道上谈及黑手党，但他采取了一种特别委婉迂回的方式，因此谁都无法理解他所说的。在他的字里行间，蒙塔巴诺感觉到齐托认为它实际上是一种残忍的"算旧账"，但没有公开说，害怕他已经搁置的数百件诉讼案件中的另一件对他不利。最后，蒙塔巴诺厌倦了所有这些空洞的喋喋不休，他关掉电视，拉上窗帘，挡住日光，把自己重重地摔在床上，没有脱衣服，蜷缩成一团。他现在想做的是"accuttufarsi"，另一个他喜欢的动词，意思是立即被痛打一顿，并远离人类社会。在那一刻，对于蒙塔巴诺而言，这两种含义都是适用的。

15

局长妻子埃莉萨夫人发明的这道菜远不只是墨鱼仔的一种新鲜做法，对于蒙塔巴诺来说，这是一次神圣的味觉体验。他再次给自己盛了许多丰盛的食物，但当他再看这道菜时，发现它又快被吃完了。为了尽可能地延长这道美味的菜肴给他带来的愉悦感，蒙塔巴诺放缓了咀嚼的节奏。埃莉萨夫人高兴地看着他，像所有厨艺高超的厨师一样，她喜欢看餐桌上的人们在品尝她的手艺之后脸上露出的神情。蒙塔巴诺正是因为有着这样一张表情丰富的脸，成了埃莉萨夫人最喜欢的晚餐客人之一。

晚餐结束时，警长叹息着对夫人说道："非常非常感谢！"这道佳肴像是一个不完整的奇迹，之所以说它不完整，是因为蒙塔巴诺现在的确感受到了天人合一的平静，然而他的内心深处的确不是十分平和。

晚餐结束后，埃莉萨夫人清理了餐桌，然后特意把一瓶芝华士放在警长的面前，并为她丈夫准备了一瓶苦啤酒。

"你们俩可以好好谈谈那些真正的谋杀案受害者了，而我要去客厅看电视剧里虚构的谋杀案，我更喜欢这样的。"

这是老规矩了，他每个月至少拜访他们两次。蒙塔巴诺喜欢局长和他的妻子，而这种喜爱也得到了他们夫妇的慷慨回应。局长是一个彬彬有礼、有文化、有教养并且内敛矜持的人，几乎像是来自另一个时代的绅士。

他们谈到灾难性的政治局势，谈到居高不下的失业率给这个国家所埋下的未知隐患，还谈到摇摇欲坠的法律和秩序。接下来，局长问了一个很直接的问题。

"你能告诉我，为什么你还没有停止对卢帕雷洛案子的调查？今天洛·比安科给我打来一个电话说他很担心。"

"他生气了？"

"不，正如我所说的那样，只是担心，或者更应该说是困惑。他不理解你为什么要牵扯出这么多事来。说实话，我也不理解。你看，蒙塔巴诺，你是了解我的，你知道我从不私自向我手下的任何一名警官施压，让他们以某种方式去解决什么事情。"

"那是当然！"

"所以，我现在在这里问你这个问题只是出于个人的好奇心，明白吗？记住，我正在和我的朋友蒙塔巴诺聊天，和一个充满智慧、聪明敏锐的朋友聊天，最重要的是，这个朋友还具备如今人与人交往中相当罕有的礼貌。"

"谢谢您，局长，您值得我坦诚相待。从整个事件的开始，让我觉得可疑的是尸体被发现的位置。卢帕雷洛平日里是一个明智、谨慎、雄心勃勃的人，去那种地方与他的性格和生活方式不一致，明显不一致。我问自己：'他为什么要这么做？他为什么要为了一次一夜情千里迢迢赶去牧场，并且丝毫不顾及自己的生命安全和公众形象？'我想不出一个答案。您想，局长，这就好像共和国总统在一个三流的迪斯科舞厅跟着摇滚乐跳舞时心脏病突发而死一样。"

局长举起一只手打断了他。

"你的比喻不恰当。"他似笑非笑地看着蒙塔巴诺，"最近，我们有个部长在比三流甚至更低一级的夜总会舞池里玩得相当狂野，然而他并没有死……"

他想加上"不幸的是"这个词，但话到嘴边又收了回去。

"但事实如此，"蒙塔巴诺坚持说，"而且工程师的遗孀很大程度上坚定了我的这个第一印象。"

"所以你见过她了？很有想法，那位女士。"

"在您和我通完话之后，她主动打电话给我。在我们昨天的谈话中，她告诉我，她丈夫在卡波·马萨里亚有一所房子，并把那里的钥匙交给了我。所以，既然有那样一个好去处，他为什么还要冒着被暴露的风险去牧场那种地方呢？"

"我也问了自己同样的问题。"

"让我们来假设一下，因为争论的缘故，他的确去了那里，他让自己被一个有着巨大说服力的女人劝服去了那里。一个并非来自牧场的女人带着他从一条完全无法通行的道路前往牧场。记住，是这个女人开的车。"

"你是说路不通？"

"是的。我不仅有确切的证据支持这一点，还让我的手下走了这条路线，我自己也走了。因此，车子实际上是沿着坎内托河的干枯河床向下开的，还损坏了车上的悬架。当车子停下来时，几乎已经开进了牧场的一个大灌木丛中，这时候女人立即骑在了她旁边的男人身上，然后他们开始做爱。正是在这期间，卢帕雷洛不幸死了。然而，这个女人并没有尖叫，也没有呼救。她表现得十分泰然自若，慢条斯理地走上通往省道的小路，坐进一辆停在路边的汽车，然后消失不见。"

"事情的确很奇怪，你是对的。那个女人是搭便车吗？"

"显然不是！您已经抓住了问题的关键。我还有个证据可以解释这一点。那辆停在路边的车十分迅速地完成了所有这一切，因为它的车门实际上是打开着的。换句话说，那位司机早就知道谁会上车，于是没有浪费任何时间就把她接走了。"

"抱歉，打断你一下，警长，但你的这些证据都得到证实了吗？"

"没，没有任何理由那样做。看，有一件事是肯定的：卢帕雷洛死于自然原因。从官方来讲，我没有理由再调查下去。"

"好吧，如果事情真像你所说的那样，比如说，人们没能成功解救一个陷入危险的人。"

"我认为这完全是在胡说，您同意吗？"

"同意。"

"就在我离开的时候，卢帕雷洛夫人指出了对我非常有用的东西，那就是，当她丈夫去世时，他的内裤穿反了。"

"等一下，"局长说，"慢点说。如果确实是这样的话，那位夫人是怎么知道她丈夫的内裤是穿反的？据我所知，她既不在犯罪现场，而且犯罪实验室做检查时她也不在场。"

蒙塔巴诺变得焦虑起来。他一直冲动地讲话，并没有意识到应该避免牵连亚科穆齐。肯定是亚科穆齐把那些照片给了那位夫人。但说出去的话收不回来了。

"那位夫人得到了犯罪实验室冲洗出来的照片。我不知道这是怎么发生的。"

"我想我知道这是怎么回事。"局长皱着眉头说道。

"她用放大镜仔细检查过那些照片，并把它们给我看。她是对的。"

"根据这个细节，她有了这样一个想法？"

"当然。这个想法所基于的假设是，虽然她丈夫可能在早上穿衣时偶然把内裤穿反了，但一天当中他一定会注意到，因为他服用利尿剂，必须经常小便。由此，基于这个假设，卢帕雷洛夫人认为卢帕雷洛先生一定是在某种难堪的情境下被人逮个正着，至少在某种程度上，他被迫匆忙穿好衣服，前往牧场。那种地方——当然，卢帕雷洛夫人认为——卢帕雷洛先生是被迫以某种不可挽回的方式做妥协，以至于他不得不结束自己的政治生涯。但是还有更多细节。"

"不要落下任何细节。"

"发现尸体的两名街道清洁工觉得在给警察打电话之前有义务先通知律师里佐，他们知道里佐是卢帕雷洛的密友。而里佐不仅没有表现出惊讶、沮丧、震惊、惊恐或担心，实际上他还告诉这两名清洁工立即向警方报案。"

"你怎么知道这些的，难道你窃听了电话？"局长问道，一脸惊讶。

"不，我没有窃听电话。其中一名清洁工原原本本地写下了那一简短的通话。他这样做的理由太复杂，在这里就不细说了。"

"他是想勒索吗？"

"不，他在思考一种写戏剧的方式。相信我，他毫无犯罪意图。问题的核心是：里佐。"

"等一下！我本来决定今晚找个办法再骂你一次，因为你总是想把简单的问题复杂化。你确定你读过夏夏所写的《坎迪德》那本书？你还记得吗？在某个时刻，主人公说，可能事情几乎总是很简单。我只想提醒你这一点。"

"嗯，但是，您看，坎迪德说的是'几乎总是'，而没有说'总是'。他允许例外情况存在。卢帕雷洛先生的情况是被设定得看起来很简单的情况之一。"

"事实上这些情况很复杂？"

"非常复杂。说到《坎迪德》这本书，您还记得副标题吗？"

"当然！《梦在西西里》。"

"正是，然而我们却在处理这样的噩梦。让我冒险提出一个现在很难证实的假设，因为里佐已经被谋杀了。在星期日晚上七点左右，卢帕雷洛给他妻子打电话，说他晚上有一个重要的政治会议会很晚回家。事实上，他去了他在卡波·马萨里亚的小房子与情人幽会。而且我告诉您，对曾和卢帕雷洛在一起的人的调查将是相当困难的，因为工程师是一个'两手同利'的人。"

"你是什么意思？在我的家乡，这个词的意思是左右手同样灵活，左手或右手，毫无差别。"

"从一种不太确切的意义上讲，它也可以用来描述一个人既能和男人在一起，也能跟女人在一起，毫无差别。"

两个人都非常严肃，就像是两个教授在编撰一本新字典。

"你说什么？"局长十分好奇。

"这是卢帕雷洛夫人本人给我的暗示，这一切都太清楚不过了。她完全没有理由捏造事实，特别是在这种事情上。"

"你去过那个小房子了吗？"

"去过。那里已经被清理得非常干净。里面只有几件卢帕雷洛的东西，再没别的了。"

"继续说你的假设。"

"根据所获取的精液的痕迹判断，卢帕雷洛死于两人性爱过程中，或极有可能在刚做完那事的时候。与他一起的那个女人——"

"停，"局长说道，"你怎么能保证那是一个女人？你刚刚描述过工程师的性爱对象非常广。"

"我能这样说是因为我对此非常肯定。因此，那个女人一意识到她的情人死了，就失去了理智，她不知道该怎么办，变得非常沮丧，甚至没有意识到自己戴着的项链丢了。当她终于镇定下来时，她意识到她唯一能做的事情就是给里佐打电话求助，因为里佐是和卢帕雷洛形影不离的好友。里佐告诉她立刻离开那个房子，并建议她把钥匙放在某处，以便他可以进入那个房子。他安慰她说，他会处理好一切，没有人会知道这是一次带来悲惨结局的幽会。于是，那个女人放心地离开了。"

"你是什么意思？离开了那个房子？难道不是一个女人把卢帕雷洛带到牧场去的吗？"

"是，也不是。让我继续说。里佐急忙赶到卡波·马萨里亚，匆忙地给尸体穿上了衣服，打算让他离开那里，到一个不太难堪的地方。然而，就在这个时候，他看到了掉在地板上的项链，并在衣柜里发现了刚给他打电话的那个女人的衣服。他意识到这可能就是他走运的一天。"

"怎讲？"

"因为他现在想把所有人都拴到一根绳上，不仅是政治上的朋友，也包括对手。那么，他就可以成为党派的顶层人物。打电话给他的那个女人是英格丽·斯特洛姆，瑞典人，卡达蒙医生的儿媳，而卡达蒙，一个绝不想与里佐有任何关系的人，是卢帕雷洛的接班人。现在，您看，电话是一回事，但证明斯特洛姆是卢帕雷洛的情妇是另一回事。此外，还有更多的事情要做。里佐知道卢帕雷洛的党内好友是肯定会反对他政治继承的，所以为了消除他们的反对，他必须做一些让他们羞于支持卢帕雷洛的事。为了实现这一目标，工程师必须彻底地丢脸，名誉扫地。他想到了一个好办法，那就是让尸体在牧场被发现。因为她已经被卷入到这件事中来，那么为什么不让事情看起来像是想和卢帕雷洛一起去牧场的女人就是英格丽呢？因为她是一个外国人，而且从她的行为举止来看，她一定不检点，她可能一直在寻求刺激。如果这个方法奏效了，卡达蒙将落在里佐的手中。里佐打电话给他手下的人，我们都认识他们，但不能证明什么，都是些受人操控的傻男孩们。其中一个名叫安吉洛·尼科特拉，是一个同性恋，在他们的圈子中被称为玛里琳。"

"你怎么知道他的名字的？"

"一个我信得过的线人告诉我的。从某种程度上来讲，我们是朋友。"

"你是指你的老校友——盖戈？"

蒙塔巴诺注视着局长，目瞪口呆。

"你为什么这样看着我，我也是一名警察。接着说吧。"

"当他手下的人到达那里时，里佐让玛里琳乔装成一个女人，戴上那条项链，并教他如何通过一条几乎无法通行的路线将尸体运载到牧场，这条路线实际上是指干枯的河床。"

"结果呢？"

"进一步的证据也不利于斯特洛姆女士，因为她作为一名赛车冠军，知道怎样通过那样的路。"

"你确定？"

"是的。我让她开车沿着河床行驶，当时我也在车里。"

"天啊！"局长大叫，"你逼她那样做的吗？"

"完全没有！她是心甘情愿的。"

"但有多少人被你卷进这件事情里来了？你知道你在玩火吗？"

"相信我，一切都是神不知鬼不觉的。所以，当他的两个手下带着尸体离开后，里佐拿着卢帕雷洛身上的钥匙，返回到蒙特鲁萨，毫不费劲地就从卢帕雷洛那里拿到了他最想要的文件。同时，玛里琳完美地执行着他下达的命令：假装做出一些做爱动作以后从车里出来，走到一个废弃了的旧工厂附近，将项链藏在一个灌木丛后面，并把皮包扔到厂墙的另一边。"

"你说的是什么皮包？"

"英格丽·斯特洛姆的皮包，上面有她名字的首字母。里佐就是在那个小房子里发现这个皮包后，才决定利用它。"

"跟我解释一下，你是如何得出这些结论的。"

"您看，里佐在摊一张牌，即那条项链，但隐藏了另一样东西，即那个皮包。只要发现那条项链，无论是怎么发现的，都足以证明当卢帕雷洛死亡时，英格丽就在牧场。如果有人碰巧捡到那条项链，并把它揣进个人口袋而什么也不说，他仍然可以在皮包上面做文章。但他认为他会有一个好的转机：一清洁工捡到那条项链，然后转交到我手上。里佐给出了一个找到项链的貌似合理的解释，但与此同时，他就建立起了斯特洛姆、卢帕雷洛、牧场之间的三角联系。另一方面，是我找到了皮包，根据两项证词间矛盾的地方：当离开卢帕雷洛的车时，那个'女人'是拿着皮包的，可当另一辆车把'她'接走并沿着省道离开时，皮包就没了。最后，长话短说，里佐的两个手下返回到小房子把所有东西都整理好。天一亮，里佐就给卡达蒙打电话，然后开始玩他手中的牌。"

"好吧，但他也开始玩命。"

"如果情况果真如此，那就是另一回事了。"蒙塔巴诺说。

局长惊恐地看着他。

"你是什么意思？你到底在想些什么呢？"

"很简单，整件事里唯一没有受伤害的人是卡达蒙。您不觉得里佐被杀对他来说是幸事吗？"

局长愣了一下，不清楚他是在认真地说还是在开玩笑。"听着，蒙塔巴诺，不要再有什么新奇的想法了，不要把卡达蒙扯进来，让他安心过他的日子。他是一个品德高尚的人，甚至都不愿意伤害一只苍蝇！"

"我只是开玩笑，局长。但请允许我问一句，调查有什么新进展吗？"

"你期望有什么新进展？你知道里佐是什么样的人。他所认识的每十个人中，正派或非正派的，就有八个想看到他死。我的朋友，这是一个名副其实的丛林，丛林中满是潜在的杀手，或者用自己的手，或者借他人的手。我必须说，你的故事貌似可信，但只对于那些真正了解里佐人品的人来说。"

他喝了一口苦啤酒，品咂着。

"你真的让我敬佩。你跟我讲的话是在操练人的最高智商。有时，你看起来像一个在钢索上行走而地上没有保护网的杂技演员。因为，坦率地说，在你的论点下，没有任何证据。你说的都没有任何证据。它完全可以用另一种方式解读，任何一个好的律师都可不费吹灰之力在你的推理中挑出刺儿来。"

"我知道。"

"你打算做什么？"

"明天上午我要告诉洛·比安科，如果他想结案的话，我没异议。"

16

"您好，警长！我是米米·奥杰洛。很抱歉打扰您，但我打电话是想让您安心。我已经回到总部。您什么时候离开？"

"从巴勒莫起飞的航班是在下午三点，所以我必须在午饭后，也就是大约十二点半的时候离开维加塔。"

"那么我们就见不上面了，因为我会在办公室加班到稍晚些时候。有没有什么新消息？"

"法齐奥会详细告诉你。"

"您要离开多久？"

"直到星期四，星期五回来。"

"玩得开心，好好休息一下。法齐奥有您在热那亚的电话号码，对吧？如果有什么大事儿，我会给您打电话。"

他的助理米米·奥杰洛的假期结束了，已经按时回到工作岗位，因此蒙塔巴诺警长现在可以毫无顾虑地离开。奥杰洛是一个很能干的人。蒙塔巴诺打电话给利维娅告诉了她他到达的时间。听到这个令人高兴的消息后，利维娅说她会去机场接他。

当他到办公室时，法齐奥告诉他，盐厂的工人们被委婉地告知将会被解雇，于是占领了火车站。他们的妻子们躺在轨道上，阻止所有火车通过。宪兵队已经赶往现场。他们也应该赶去那里吗？

"去做什么？"

"我不知道，去帮他们。"

"去帮谁？"

"您是什么意思，警长？宪兵队是维持社会秩序的队伍，是属于我们这一边的，除非有人证明他们与我们相左。"

"如果你真的很想帮助一些人，那就去帮助那些占领火车站的工人们。"

"警长，我一直怀疑：您是一个共产主义者。"

※

"警长吗？我是斯特凡诺·卢帕雷洛。打扰一下，请问我的表弟乔治去见您了吗？"

"没有，我没有任何有关他的消息。"

"我的家人此时非常担心他。他一恢复，就马上出去，再次消失不见了。我妈妈让我征求一下您的意见：我们是不是应该请求警察去搜寻他呢？"

"不，请告诉你母亲，我认为没这个必要。乔治会出现的。告诉她不要担心。"

"不管怎样，如果您一有消息，请告知我们。"

"那将非常困难，因为我马上要去度假，星期五才回来。"

※

前三天，蒙塔巴诺是在鹿嘴村的利维娅家中度过的。在几晚拥利维娅在怀，沉沉的、有助于复原的睡眠之后，他几乎完全忘记了西西里岛。不过，是"几乎"完全忘记，因为有那么两三次他所在岛上的气味、话语和事物会出其不意地唤起他的记忆，带着他轻飘飘地穿越空气，有那么几秒钟时间他仿佛回到了维加塔。而且，每次他都确信利维娅注意到了他瞬间的心不在焉和踌躇，但是她并没有说什么，而是看着他。

※

星期四晚上，他接到了一个完全出乎意料的电话，是法齐奥打来的。

"没什么重要的事，警长。我只是想听听您的声音，并确认您明天将会回来。"

蒙塔巴诺很清楚，这位手下和奥杰洛之间并不愉快。

"你是否需要一些安慰？这是否意味着奥杰洛已经打你的小报告了？"

"他批评我所做的一切。"

"耐心点儿，我明天就回去了。有什么新消息吗？"

"昨天，他们抓捕了市长和三名城镇议员，因为他们贪污受贿。"

"他们终于成功了。"

"是的，但您的期望值不要太高。他们正试图在这里仿照米兰法官的做法，但那有些不现实。"

"还有别的消息吗？"

"我们找到了甘巴尔德拉，还记得他吗？那个在装满他的油箱时被射杀的家伙？他没有被放置到乡下，而是像个山羊似的被绑了起来，扔进了他汽车的后备厢里，后来后备厢被点燃，完全烧毁了。"

"如果后备厢完全被烧毁了，你怎么知道甘巴尔德拉被山羊绑了？"

"他们使用了金属丝，警长。"

"明天见，法齐奥。"

这一次，并非是西西里岛的气味和语言召唤他回到那里，而是愚蠢、残暴和令人惊恐的事。

※

一番做爱之后，利维娅沉默了一会儿，然后捧起他的手。

"出什么事了？你的手下告诉你什么了？"

"没什么大不了的，我向你保证。"

"那你为什么突然情绪低落？"

蒙塔巴诺对自己的信念坚定不移：如果全世界他可以给一个人唱整首大弥撒的话，那么这个人就是利维娅。

他只给局长唱过一半，跳过了几部分。他从床上坐起来，抖松枕头。"听！"

※

他告诉了她关于牧场的事、卢帕雷洛的事、他外甥乔治对他的感情以及这种感情如何在某种程度上变成了爱情、变成了激情，还有卡波·马萨里亚单身公寓的最后幽会、卢帕雷洛的死亡以及年轻的乔治因害怕丑闻而变得疯狂——不是为了顾及他自己，而是为了顾及他姨父的形象和给人们留下的印象——他尽己所能，给卢帕雷洛穿好衣服，然后把他拖到车上，载着他离开，将尸体放到其他能够被找到的地方……蒙塔巴诺告诉了利维娅当乔治意识到他的这一想法没法实现时的绝望，因为人们都将看到他的车里载着一个死人；讲了他是如何想到将他一直戴着的颈圈——那天他在车里还戴着——戴在尸体上；他是如何试图用一块黑布遮住颈圈那里；他是如何突然就开始害怕他可能会癫痫发作，他一直受癫痫病的折磨；还讲了他是如何打电话给里佐寻求帮助——蒙塔巴诺给她解释了这个律师——而且里佐如何意识到这一死亡事件加上一些人为安排就可能成为他的好机遇。

蒙塔巴诺给她讲了关于英格丽的事、她丈夫贾科莫的事、卡达蒙医生的事，还有就是暴力——他想不到一个更好的词——来描述卡达蒙医生经常侵犯他儿媳（"令人厌恶！"利维娅评论道），里佐如何怀疑他们的关系并试图把英格丽牵扯进去让卡达蒙上钩；还有玛里琳和他的帮凶，那辆车里幻影似的乘骑，以及在牧场停放的车中上演的可怕的哑剧（利维娅说："对不起，我需要一杯烈酒"）。当利维娅回来时，他又告诉了她一些其他卑鄙的细节——那条项链、皮包、衣服——他还告诉她，当乔治看到那些照片并知道了里佐的双重背叛后非常绝望，因为里佐不仅背叛了他，还抹黑了卢帕雷洛在人们心目中的印象，这是他想不惜一切代价挽救回来的。

"等一下，"利维娅说，"英格丽长得漂亮吗？"

"非常漂亮。因为我知道你在想什么，我还有更多的事要告诉你：我销毁了所有对她不利的假证据。"

"这不像是你能做出来的事。"她愤怒地说。

"我还做了更坏的事呢，听着！卡达蒙现在已经落到了里佐的手中，里佐已经实现了他的政治目标，但他犯了一个错误：他低估了乔治的反应。乔治是一个非常漂亮的男孩。"

"哦，继续啊！他也很漂亮！"利维娅说，试着不在乎。

"但是他的性格非常脆弱，"警长继续说道，"由于情感起伏不定，几乎崩溃，他跑去位于卡波·马萨里亚的家里，抓起卢帕雷洛的手枪，追踪到里佐，将他打得血肉模糊，并一枪打在了他的颅骨底部。"

"你逮捕他了吗？"

"没有，我刚才说过我做了比销毁证据更坏的事。你知道吗？我在蒙特鲁萨的同事们认为——这一假设并非空话——里佐是被黑手党杀害的。而我从来没有告诉过他们我认为的真相是什么。"

"为什么不？"

蒙塔巴诺两手一摊，没有回答。利维娅走进浴室，警长听到了浴缸里的水流声。不一会儿，在得到许可后，他走进浴室，发现利维娅整个人都还在浴缸里，她的下巴搁在抬起的膝盖上。

"你知道那个房子里有手枪吗？"

"知道。"

"而你把它留在那里了？"

"是的。"

"所以你这是在抬高自己，呃？"长时间的沉默之后，利维娅说道，"从一名警长到一个神——一个低等级的神，但仍是一个神。"

※

下飞机后，他直奔机场的咖啡馆。在飞机上无奈喝了些淡而无味的劣质咖啡后，他现在迫切需要一杯真正的意式咖啡。他听到有人打电话给他，是斯特凡诺·卢帕雷洛。

"你要去哪里，卢帕雷洛先生，回米兰？"

"是的，回去上班，我已经离开太久了。我也要找一个更大的公寓，一找到大房子，我妈妈就可以搬过来和我一起住。我不想让她独自一人生活。"

"这个想法很不错，尽管在蒙特鲁萨这里有她的妹妹和外甥。"

这位年轻人僵住了。

"所以您不知道？"

"不知道什么？"

"乔治死了。"

蒙塔巴诺放下他的咖啡，由于震惊，咖啡溅出了杯子。

"怎么回事？"

"您还记得吗，您离开的那天，我打电话给您，问您有没有他的消息？"

"当然记得。"

"第二天早上他仍然没有回来，所以我觉得应该通知警察和宪兵。他们进行了一些非常简单的搜索——我很抱歉，也许他们太忙于调查里佐的死亡案件了。上周日下午，一个渔夫在他的船上看到一辆汽车跌落在岩石上，正好在圣菲利波湾下面。您知道那个地方吗？它刚好在卡波·马萨里亚的前面。"

"嗯，我知道。"

"渔夫朝着汽车所在的方向划去，看到司机座位上有一具尸体，然后就跑去报案了。"

"他们设法查出事故的原因了吗？"

"嗯，我表弟，您知道的，从我父亲死的那一刻起，就几乎一直处于情绪错乱的状态：太多的安定药、太多的镇静剂。他没有拐弯，而是继续向前开——在那一刻，他开得非常快——撞过小防护墙而坠毁。他一直没能从我父亲的死中恢复过来。他对他有着真正的激情，他爱他。"

他以一种坚定而精确的语调说出了这两个词："激情"和"爱"，好像用清楚的描述能消除造成话语歧义的任何可能。扬声器里的声音呼吁乘客前去乘坐飞往米兰的航班。

蒙塔巴诺之前把车停在了机场停车场，一到那儿，他就以最快的速度开车走了。他什么都不愿意去想，一心专注于开车。大概行驶了六十英里后，他在一个人工湖的岸边停了下来，下车，打开后备厢，拿出那个颈圈，把它扔进了水里，并等待它沉下去。直到那时，他才露出了笑容。利维娅说的对，过去他想让自己行事如神。但是那个低等级的神所猜测的是正确的，这是凭借他第一次，同时他希望也是最后一次的经验。

※

为了到达维加塔，他别无选择，只能从蒙特鲁萨警察局总部前经过。正是在那时，他的车子突然坏了。他下了车，正准备进警察局寻求帮助，这时一个认识他的警察在目睹了他劳而无功的修车努力后，朝他走过来。这名警察抬起了汽车的引擎盖，围着它走了一圈，然后将它盖上。

"这下应该可以了。但你应该多留心点。"

蒙塔巴诺回到车上，开启汽车的点火开关，然后弯腰去捡掉在脚边的几张报纸。当他坐好时，安娜正斜靠在打开着的车子窗户上。

"安娜，你好吗？"

女孩没有回答，只是瞪着他。

"嗯？"

"你应该是一个诚实的人吧？"

蒙塔巴诺明白她指的是那天晚上她看到英格丽半裸着躺在他的床上。

"不，我不是个诚实的人，"他回答道，"但事情并不像你想的那样。"